Alfred Paetz

AF188275

Schwarze Geschichten II

und

Gedichte

Jedem Menschen mit einer Depression sollte man sagen :

„ Nein, gehe nicht zu einem Psychiater, sondern gehe auf

eine Station mit krebskranken Kindern und du wirst

sehen, was für ein Glück du hast. “

Tomi Ungerer

Alfred Paetz

Schwarze Geschichten II
und
Gedichte

schrecklich und skurril

Druck und Verlag
Bod – Books on Demand Norderstedt

Bibliographische Information der Deutschen Nationalbibliothek. Die Deutsche Nationalbibliothek verzeichnet diese Publikation in der Deutschen Nationalbibliographie, detaillierte bibliographische Daten sind im Internet unter http//dnb.dnb.de abrufbar.

© 2018 Alfred Paetz
Coverdesign, Herstellung und Verlag
BoD – Books on Demand, Norderstedt
ISBN 978-3-7481-5562-1

Grafik: mrjo/ HorenkO/ Kittibowornphatnon/ Audrey Snider-Bell/ Napat/ Shutterstock.com

Inhaltsverzeichnis

Inhaltsverzeichnis

Selbstmord ist gar keine so schlechte Idee

Ist es Unzufriedenheit oder nur einfach eine Überlastung.

Ich weiß es nicht. Meine Nerven spielen nicht mehr mit.

Ich habe mein Glück als Schriftsteller versucht.

Heraus kam ein kleines Büchlein, recht nett aber nicht sehr zufriedenstellend.

Wenn das Hemingway wüsste, würde er sich im Grab umdrehen und totlachen.

Dann permanent Ärger bei der Arbeit. Und dieser Ärger entlädt sich leider meistens dann zu Hause. Das Schlimme daran ist, dass ich eine hervorragende Ehefrau und Partnerin habe, welche dann meine schlechte Laune voll abbekommt.

Noch ein Problem ist, dass ich bei der Arbeit mit vielen Frauen zu tun habe. Diejenigen die ich will, wollen in der Regel mich nicht. Und die, die mich wollen sind mir oft etwas zu problematisch. Eine eifersüchtige Frau kann gefährlicher sein als das gesamte Atomwaffenarsenal der westlichen und östlichen Welt.

So sitze ich hier und spiele mit dem Gedanken meinem sinnlosen Leben ein Ende zu bereiten. Wenn ich nicht so viel Angst hätte, dann wäre ich schon lange auf einer Wolke und würde mehr oder weniger schlecht Harfe spielen. Wenn dann noch auf den anderen Wolken lauter leichtbekleidete Engel sitzen würden, hätte mein Selbstmord sich schon gelohnt. Ich bin aber überzeugt, dass ich in den Kreisen lauter seniler Rentner – sowie ich einer bin – aufwache.

Die Frage ist nur, nehme ich Gift, oder einen Strick, erschieße ich mich oder stürze ich mich vor einen Zug.

Bei Gift kann es passieren, dass man, wenn die Dosis nicht stimmt, noch tagelang furchtbare Schmerzen hat.

Sich erhängen kann zur Folge haben, dass man Luft – und Speiseröhre beschädigt und immer noch am Leben bleibt. Zu Essen gibt es dann nur noch Flüssignahrung und der Sauerstoffmangel bewirkt, dass man nur noch doof ist wie ein Stück Holz.

Wenn ich mich erschießen würde, käme in der Zeitung eine kleine Notiz – er hat überlebt trotz Kugel im Kopf. In diesem Kopf sind keine lebenswichtigen Teile gefunden worden.

Wenn ich mich vor einen Zug werfe, da bin ich mir absolut sicher, dass er vorher entgleist oder an einer Weiche abbiegt. Ich liege dann auf den Schienen und warte auf den Zug welcher nicht kommt. Dort hole ich mir dann vermutlich den Tod durch eine schwere Lungenentzündung.

Welche Möglichkeiten hat man eigentlich noch, wenn man sich umbringen will?

Früher hat man auch Autoabgase genommen, aber das geht nicht mehr, weil jedes Auto einen Katalysator hat und deshalb die Abgase soweit gereinigt sind, dass man sich nicht mehr umbringen kann.

Egal, irgendetwas wird mir schon einfallen. Es gibt noch etwas Totsicheres. Aber nur der Gedanke daran löst bei mir ein nicht zu bändigender Harndrang aus. Ein Sprung von einem Hochhaus. Wahrscheinlich habe ich mir die Hosen vollgeschissen noch bevor ich überhaupt oben bin. Egal, nach einer guten Tasse Kaffee zog ich los. Ich wusste, dass ich mindestens eine halbe Stunde laufen muss. Mit dem Auto wollte ich nicht fahren, da meine Familie nicht nur Ärger mit meiner Leiche, sondern auch noch mit dem Auto haben würde.

Ich war schneller dort als ich mir das vorgestellt hatte. Meine Knie wurden immer weicher. Der Aufzug raste nach oben. In der letzten Etage stieg ich aus. Dann ging es noch durch eine Tür zu einer Treppe. Die letzten Meter waren furchtbar. Als ich dann auf dem Dach war und vorsichtig an den Rand trat, war mir klar, ich würde niemals springen. Der Wind pfiff mir eiskalt um die Ohren. Mein nächster Gedanke war, wenn ich oben bleiben würde, wäre ich binnen kürzester Zeit erfroren.

Als ich nach unten schaute, wurde mir fast schlecht vor Angst. Ich ging sofort ein paar Schritte zurück. In meinem Kopf rasten meine Gedanken wie ein riesiger Wirbelsturm durcheinander. Diese Welt zu verlassen war gar nicht so einfach.

Als ich so mehr oder weniger meinen irren Gedanken nachhing, ertönte plötzlich hinter mir eine laute Stimme: ,,Was machst du hier, verschwinde sofort oder ich hole die Polizei." Ich fuhr zusammen und mein Puls raste wie verrückt. Mir war sofort klar, jetzt oder nie. Ich schwankte auf die Absperrung zu und kletterte so schnell ich konnte das Gitter hoch und sprang nicht, weil ich zu viel Angst anscheinend hatte. Ich kletterte wieder runter und rannte an dem Typ vorbei, auf die Tür zu durch welche ich gekommen war. Als ich wieder auf der Straße war, fiel mir eine alte Bekannte ein, welche selbständige Apothekerin ist. Als Sabrina mich sah, grinste sie über das ganze Gesicht und meinte: ,,Na also, du hast es dir doch anders überlegt. Wurdest du mit deiner Frau einig?" Ich erwiderte: „Noch nicht ganz, aber wir stehen kurz vor einer endgültigen Lösung. Ich brauche nur ganz dringend die stärksten Schlaftabletten die du hast." „Du willst doch nicht etwa eine Dummheit machen?" „Quatsch, ich habe im Augenblick so viel um die Ohren, dass ich keine Nacht mehr schlafen kann. Bitte gib mir eine große Packung von den stärksten die du hast."

Sie grinste mich etwas hinterhältig an und meinte: „Die musst du dir aber verdienen." Sie zog mich in das Hinterzimmer und sagte nur, dass sie ihre Mittagspause ausnahmsweise verlängern würde.

Ich verdiente mir mühsam zwei Packungen Tabletten.

Als ich sie verließ versicherte ich ihr, dass sie auf jeden Fall in den nächsten Tagen von mir hören würde.

Dann, als ich 30 Tabletten in Wasser aufgelöst hatte, begann mein Abschied von dieser Welt. Ich würgte dann alles mühsam herunter.

Das erste was ich hörte, waren Stimmen. Sehen konnte ich nichts, da meine Augen noch nicht richtig funktionierten.

Eine dünne Fistelstimme kicherte und meinte: „Mal sehen was für ein armes Schwein sie wieder zu uns runterbringen."

Langsam kam meine Sehkraft zurück. Im Halbdunkel sah ich ein paar Gestalten kreuz und quer im ganzen Raum verteilt, rumgammeln. Der Raum in dem wir uns befanden, war recht groß, fast wie ein Saal. An einem großen runden Tisch saßen ein paar Gestalten. Andere lagen auf Couchähnlichen Liegen oder hingen in großen Ohrensesseln rum. Ich stand ratlos da und wusste nicht wie ich mich verhalten sollte, als wieder diese gleiche Kicherstimme sich meldete: „Na mein Freund wer bist du denn?"

Ich bewegte mich langsam in die Richtung aus der die Stimme kam. Als ich den Sprecher sah, zweifelte ich an meinem Verstand. Ich stammelte: „Mein Gott sie sind doch Bert Brecht!" „Wen hast du denn erwartet? Den Papst, Kennedy oder die Monroe?" Ich schüttelte den Kopf und fragte Brecht, wo ich denn sei. Er erklärte mir, dass wir uns in einem Raum zwischen Himmel und Hölle befinden würden. „Könnt ihr denn nicht ein wenig leiser sein?" „Ernesto träumst du schon wieder vom Meer?" Ich schluckte, weil mir ein fürchterlicher Verdacht aufkam. Ich fragte Brecht ob das vielleicht Hemingway sei. Er grinste: „Hast du endlich kapiert, dass in dieser Abteilung nur Schriftsteller und ähnliches Gesocks zu finden sind?" „Was hast du denn geschrieben? Ist es etwas Bekanntes?" Ich verneinte und erklärte ihm, dass ich nur ein kleines Taschenbuch mit Kurzgeschichten geschrieben hätte. Was ich angestellt hätte und weshalb ich hier bin wollte er wissen. Ich erzählte ihm von meinem Selbstmord. „Warum hast du Selbstmord begangen? Was für Probleme kann einer wie du schon haben?" Ich erklärte ihm in Kurzfassung was mich dazu bewogen hat, Selbstmord zu begehen. Er grinste mich an: „Da gibt es einige hier unten, die weitaus weniger Probleme hatten als du und die trotzdem nicht mit ihrem Leben zurechtgekommen sind. Aber warte erst einmal ab bis du die anderen kennengelernt hast, dann kannst du sagen ob es dir gefällt und ob du hier überhaupt richtig bist." Ich nickte: „ Können sie mir mal die anderen

11

vorstellen?" „Ich zeige sie dir alle, aber vorstellen musst du dich schon selbst. Ich würde dir aber empfehlen, du wartest noch ein paar Tage, dann werden die meisten von selbst auf dich zukommen."

Einige hatte ich schon erkannt. „Dort hinten, das ist Ernest Hemingway, sein bekanntestes Werk ist: „Der alte Mann und das Meer." „Der dort drüben, welcher die Beine auf dem Tisch hat, ist Norman Mailer, das größte von ihm ist: „Die Nackten und die Toten." Die anderen konnte ich nicht richtig erkennen, weil es etwas zu düster und zudem zu weit weg war. Brecht sagte: „Der Schläfer dort links hinten ist John Steinbeck." „Mein Gott, er hat „Früchte des Zorn geschrieben." Brecht meinte: „Das reicht, wenn du etwas heimisch geworden bist, machen wir weiter."

Ich sagte zu Brecht: „Die Dreigroschenoper und Aufstieg und Fall der Stadt Mahagoni sind von ihnen." „Das ist aber schön, dass du das intus hast. Die meisten kennen zwar deinen Namen, aber keiner kennt die Werke welche du unter die Leute gebracht hast."

In diesem Augenblick zitterte ich am ganzen Körper und furchtbare Schmerzen tobten in meiner Brust. Brecht grinste: „Die probieren dich zurückzuholen, das ist ganz schön schmerzhaft." Ich schaute ihn entsetzt an: „Wenn ich hier unten bin, bin ich doch tot und niemand kann mich dann zurückholen." „Wenn sie auch nur ein klein wenig Hoffnung haben, dann probieren sie es."

Für einen Moment ließen die Schmerzen nach. Dann kamen sie so gewaltig wie ein Faustschlag zurück. Ich krümmte mich und konnte ein lautes Stöhnen nicht mehr unterdrücken. Als die Schmerzen nachließen, umfing mich eine wohltuende Ruhe. Brecht grinste mich an: „Im Augenblick tut das gut, aber warte nur ab, beim nächsten Versuch den sie starten, wird es so schlimm, dass du nicht mehr leben willst." „Was soll denn das, ich bin doch schon tot." Ich versuchte mühsam ein Grinsen zustande zu bringen. „Wenn du wüstest, was für schreckliche Abteilungen es hier unten gibt, dann würdest du lernen, was es heißt, Angst zu haben" meinte Brecht. „Dagegen haben wir es besser als im Paradies."

Ich sah Brecht an: „Warum seid ihr eigentlich in dieser Abteilung, von euch hat doch meines Wissens keiner Selbstmord begangen?" „Jeder von uns hat irgendetwas getan, was dem großen Meister nicht gefallen hat. Dann hat er uns zusammen in diese Abteilung gesteckt. Egal, ich glaube wir haben es gar nicht so schlecht getroffen."

Plötzlich ertönten laute spitze Schreie. Hemingway grinste zu uns rüber und meinte: „Entweder hat sie einen Orgasmus oder sie ist mal wieder sauer wegen irgend einer Kleinigkeit." Brecht grinste: „Ich bin gespannt was du sagst, wenn sie hereingeschneit kommt."

Ich war gespannt, was jetzt auf mich zukommen würde. Hier unten hatte ich schon so viel Seltsames gesehen, dass ich auf alles Mögliche gefasst war.

Dann kam sie.

Eine Frau wie ein Orkan kam herein und fing sofort an zu zetern: „Na ihr Penner, bei euch ist wieder eine Stimmung wie auf einer Beerdigung." In diesem Augenblick sah sie mich in der Ecke stehen: „Mein Gott, ein Neuzugang, wer bist denn du?" Ich räusperte mich um Zeit zu gewinnen. Da kicherte Brecht und meinte: „ Lass ihn in Ruhe, der ist noch ganz frisch, bei dem

probieren sie noch ob sie ihn zurückholen können."
Brecht wandte sich zu mir: „Darf ich dir Anais Nin
vorstellen?" Wie ein Blitz durchfuhr es mich: „Das Delta
der Venus ist von ihnen." Sie grinste mich an und sagte:
„Später zeig ich dir mein Delta."

Sie schlenderte zu den anderen und ließ einige
ordinären Sprüche, welche ich aber nicht vollständig
verstand, los.

Das aber ich die Zielscheibe war, wurde mir klar, weil
Hemingway und Mailer lachten und zu mir herüber
sahen. „Wo ist mein alter Freund Henry?" Sie drehte sich
suchend um. Ich wusste sofort wen sie meinte. Nämlich
Henry Miller den Autor von „Wendekreis des Krebses „
Brecht rief ihr grinsend zu: „ Der liegt dort hinten und
schläft den Schlaf der Gerechten."

Ich wusste nicht mehr wohin ich schauen sollte. Überall
hingen die größten Schriftsteller aller Zeiten rum und ich
kleiner Wurm in ihrer Mitte.

Nach einiger Zeit, drehte sich Anais Nin um und kam in
unsere Richtung geschlendert. Brecht fing an zu grinsen
und meinte: „Jetzt bist du fällig." In mir verkrampfte sich
alles und als sie mich dann umarmte und ausgiebig
befummelte bekam ich furchtbares Herzklopfen. Dann
durchfuhr mich ein wahnsinniger Schmerz und mir wurde
schwarz vor den Augen.

In weiter Entfernung hörte ich ein paar Stimmen. Dann
wurde alles deutlicher. Eine Stimme sagte: „ich glaube
wir haben es geschafft, er lebt." Eine weibliche Stimme
rief plötzlich: „Herr Doktor, schauen sie, das kann doch
nicht sein." „Ich möchte wissen, was der im Jenseits

erlebt hat, dass er mit solch einer Erektion zurückkommt.“

Sterben kann gar nicht so schwer sein,
bisher hat es noch jeder geschafft.

Norman Mailer 1923 - 2007

.... *er ist wieder da!!!*

Ich wachte auf und wusste im ersten Augenblick nicht wo ich mich befand. Alles weiß und viele seltsame Schläuche welche aus meinem Körper kamen. „Sie sind wach, das ist prima. Bitte bewegen sie sich nicht ich muss erst einen Arzt holen." Eine Krankenschwester rannte an meinem Bett vorbei und rief: „Nicht bewegen." Kurze Zeit später ging die Tür auf und die Schwester kam mit einem Arzt wieder. „Das ist hervorragend, dass sie wach sind, sie waren nämlich mehrere Minuten tot."
Ich schaute ihn an: „Nachdem was ich alles auf der anderen Seite erlebt habe, muss das mindestens einige Tage gewesen sein." Der Arzt lachte und schaute die Schwester an: „Dort, wo sie sich aufgehalten haben, ging es anscheinend ziemlich heiß her." Die Schwester bekam rote Wangen und nickte: „Das war eine riesige Erektion, welche sie hatten, als wir wieder einen Herzschlag bei ihnen spürten." Ich schüttelte den Kopf:
„Das ist unglaublich, dann habe ich verschiedenes erlebt, was aber nicht näher erklärbar ist." „Wenn sie darüber reden wollen, wir sind jederzeit für sie da. Jetzt müssen sie sich aber ausruhen, denn jede Aufregung kann zu ihrem Tod führen." Der Arzt ging hinaus. Die Krankenschwester blieb bei mir. Sie stellte den Tropf an welchem ich hing, neu ein, dann sagte sie: „Sie werden jetzt fest schlafen, ich bin aber immer bei ihnen in der Nähe." Langsam wurde ich schläfrig und dann war ich ganz weg.

Irgendwann wachte ich auf. Um mich drehte sich alles, dies verging aber dann doch schneller als ich gedacht hatte. Kurz danach ging die Tür auf und die Schwester kam herein: „Na sind wir wieder wach. Wie geht es ihnen?" Ich sagte so gut ich konnte: „Mir geht es prima, sie brauchen nicht mehr so oft nach mir schauen." „Das ist erfreulich, ich werde jetzt dem Arzt Bescheid sagen, dass sie wach sind." Sie ging hinaus, kam aber nach ein paar Minuten wieder. Sie sagte: „Der Herr Doktor hat noch einiges zu tun, es kann noch mindestens eine Stunde dauern, bis er hier sein kann." „Das ist kein Problem, mir geht es gut." „Benötigen sie noch etwas, oder kann ich gehen?" „Gehen sie ruhig, ich bin im Augenblick wunschlos glücklich." Die Schwester lachte mich an und ging hinaus. Ich sah mich vorsichtig um, dann begann ich vorsichtig die Schläuche von meinem Körper zu entfernen. Dies war ziemlich schmerzhaft. Dann stieg ich vorsichtig aus dem Bett und ging an das Fenster. Ich öffnete es und beugte mich hinaus. Dann stieß ich mich ab und lies mich fallen. Ich dachte noch, das geht ja ewig bis ich da unten bin.

Dann hörte ich plötzlich eine mir gut bekannte Stimme: „Wusste ich doch, dass du wiederkommst." Bert Brecht kicherte und rief: „Hallo Jungs, unser Anfänger ist wieder hier." „Das ist Klasse, jetzt gehört er endgültig zu uns."

Wenn ich nur etwas mehr Mut hätte ....
Alfred Paetz

Die Hölle von

Hieronymus Bosch (1450 – 1516)

Der Totengräber

Er ist der letzte, den ich sehe
wenn er mich in die Grube senkt
ich dann von dieser Welt hingehe
und meinen Weg gen Himmel lenkt

Die Trauergäste weinen noch
weil dann die Erde auf mich fällt
ich liege da in diesem Loch
und mancher denkt da schon an Geld

Bei wenigen wird echt getrauert
die meisten sitzen wie auf Kohlen
da wird doch immer scharf gelauert
wo gibt es jetzt noch was zu holen

Meistens sind es die Geschwister,
die gierig nach der Habe schauen
das schlimme furchtbare Gelichter
am liebsten würden die noch klauen

Vom Friedhof geht es ins Lokal
da wird die Leiche dann versoffen
für meine Lieben ist es Qual
die anderen sind nicht betroffen

Der Totengräber steht am Grab
er denkt, ich mach jetzt erst mal eine Pause
der da unten haut nicht ab
ich geh jetzt mal ganz schnell nach Hause

Ich sitze dann auf Wolke sieben
und schau herunter auf die Meute
ich trauere um meine Lieben
egal sind mir die andern Leute

Ein letzter Gruß noch an die Bande
was glaubt ihr wohl wer ihr denn seid?
ich komm auch ohne euch zu Rande
ich fühle mich ganz arg befreit

Ein Totengräber aus dem Mittelalter bei der Arbeit

Gibt es auch anständige Engel?

Ich weiß nicht, was passiert ist. Ein Blitz durchfuhr mich und dann war alles aus. Um mich herum nur dichter Nebel. Ich sehe nichts und ich weiß nicht wo ich bin.

Nach einiger Zeit habe ich das Gefühl, dass der Nebel sich lichtet. Ich fühle mich, als würde ich in einem großen Vakuum schweben. Langsam geht der Nebel zurück und ich kann jetzt einiges um mich herum sehen.

In einiger Entfernung bemerke ich schemenhaft ein paar Gestalten. Als ich näherkomme, sehe ich, dass alle seltsame Gewänder tragen. Mit Entsetzen wird mir klar, dass auch ich so ein Nachthemd trage. Als ich mich genauer umsehe, kommt mir ein furchtbarer Verdacht. Diese Gestalten welche jetzt immer näherkommen, sehen aus als wären es eine Meute von seltsamen Engeln.

Man geht nicht, sondern schwebt irgendwie in dieser dunstigen Suppe. Als ich den Gestalten, welche in kleinen Gruppen, wie auf einer großen Party da rumhängen, näherkomme, geht mein Blutdruck hoch und mein Herz verkrampft sich. Ich bin jetzt sicher, das sind Engel und ich bin im Himmel. Wenigstens hat niemand Flügel. Das wäre dann doch das letzte. Da ich ein wenig kurzsichtig bin, kann ich noch keine Gesichter erkennen.

Eine von diesen Engeln winkt mir zu und bei mir verkrampft sich wieder alles. Es ist meine Ehefrau Heidi und sie lacht als hätte sie mir einen Streich gespielt. Ich bin noch ein ganzes Stück entfernt und ich weiß nicht wie ich mich verhalten soll. Da schwebt noch so eine Gestalt auf Heidi zu. Sie umarmen sich und lachen sich an. Sie schauen zu mir herüber und winken mir zu. Ich bin fertig mit meinen Nerven, denn die andere ist meine Freundin Marion. Heidi sagt zu Marion etwas und beide lachen und schauen zu mir herüber. Mir läuft es eiskalt den Rücken runter. Ich sehe, dass sie sich angeregt unterhalten und immer wieder lachen. Ohne zu wissen um was es geht, ist mir klar, dass ich auf jeden Fall der Verlierer bin. Ich werde unter keinen Umständen zu ihnen rüber gehen, da es vielleicht dann noch peinlicher für mich wird. Ich sehe mir die anderen Gestalten an und stelle fest, dass ich noch einige davon kenne. Natürlich sind das alles Frauen. Sabine, Conny, Alexa sehr nett, Anne und Kathi – heiß und noch verschiedene andere. Als ich zu Heidi und Marion schaue, habe ich schon wieder ein Problem mit meinem Blutdruck. Ein dritter Engel hat sich zu den beiden eingefunden. Es ist Lydia, eine Frau - schön wie ein Botticelli Engel. So wie es aussieht, stellen sie sich gegenseitig vor. Dann nach einem kurzen Gespräch schauen sie alle zu mir und winken mir zu. Als ich zurückwinken will, ertönt ein wahnsinniges Geräusch. Es ist mein Wecker, ich habe alles nur geträumt.

Ich habe Angst aufzuwachen und festzustellen, dass ich nicht geträumt habe.   Alfred Paetz

Bei diesen Engeln geht es ganz schön rund!

Mahlzeit

Ron lachte, dass würde eine wahnsinnige Show werden. In seinen Kreisen wurde man nur anerkannt, wenn man immer etwas Besonderes vorbrachte.

Heute Abend würde wieder die ganze Clique antanzen. Er hatte angedeutet es würde etwas ganz Spektakuläres passieren.

Er hatte seinen Pool ausbauen lassen. Er konnte Wirbel und Strömungen erzeugen, auch waren farbige Unterwasserscheinwerfer installiert worden.

Dann gab es noch eine ganz neue und große Überraschung. Dies war eine ganz neue Idee welche er hatte und damit in seiner Clique von neureichen und abgefahrenen Typen die Führung übernahm.

Damit niemand dem Pool zu nahekommen würde, hatte er im Abstand von ca. 3 m ein Seil um den Pool gespannt.

Spät am Nachmittag war es soweit. Die ersten von seinen Freunden kamen lautstark angetanzt. Die nicht gerade hochintelligenten Freundinnen welche sie dabei hatten, fielen natürlich wie immer durch lautes Gekreische und Gekicher auf.

In der Nähe vom Pool hatte er eine Sektbar aufgebaut und schon einige Gläser Sekt für seine Gäste eingeschenkt.

Als sie sich alle umständlich begrüßt hatten, sagte Ron dass er eine ganz besondere Überraschung vorbereitet hätte und deshalb niemand in die Nähe des Pools gehen dürfte.

Ein paar von den Girls kreischten ununterbrochen was für eine super Poolparty sie veranstalten würden. Ron wies sie noch einmal ausdrücklich darauf hin, dass niemand in die Nähe des Pools gehen dürfte.

Er ging mit Ellen nochmals ins Haus um die letzten Vorbereitungen zu treffen. Als sie gerade das Haus verlassen wollten, ertönte ein riesiges Geschrei vom Pool her. Ron lies alles fallen und rannte zu den anderen, welche alle durcheinander schrien und in den Pool starrten.

Sein bester Freund Bob rannte auf Ron zu und rief: „Lil und Anne sind in den Pool gesprungen und dann geschah etwas Unglaubliches." Ron rief entsetzt: „Seid ihr wahnsinnig, im Pool sind zehn hungrige Piranhas, welche wir euch vorführen wollten." Er deutete auf die zwei Eimer voller blutiger Fleischbrocken welche er gerade aus dem Haus geholt hatte.

Gar manche Schöpfung geriet außer Kontrolle, das sieht man an den Menschen

Alfred Paetz

Rat pack

Lu schaute vorsichtig um die Ecke. Ihr größter Feind, der riesige Tigerkater war nicht zu sehen. Er drehte sich um und schaute nach seiner Familie. Seine Frau und sieben Kinder standen hinter ihm. Er deutete auf den kleinsten und machte ihm klar, dass er auf die andere Seite der Straße sollte. Dort wohnte sein Freund Pe. Diesen wollten sie besuchen. Aber um ungefährdet hinüber zukommen musste er erst einmal sicher sein, dass der riesige Kater ihnen keine Probleme bereiten würde. Letztes Jahr hatte er sie einmal erwischt und drei seiner Kinder zerrissen. Der Kleine schaute sich mehrmals um, dann rannte er los. Er kam ohne Probleme auf die andere Straßenseite, wo er von Pe empfangen und sofort in Sicherheit gebracht wurde. Lu war zufrieden, als er sah, dass alles gutgegangen war.

Er machte seiner Frau und den Kindern ein Zeichen, dass sie sich bereithalten sollten. Sein Freund Pe machte sich bemerkbar indem er mehrmals hin und her rannte. Lu schaute sich nochmals um, dann rannte er los. Als sie auf der anderen Straßenseite waren, lotste sie Pe zu seinem Versteck. Ganz außer Atem, ruhten sie sich erst einmal aus. Dann zogen sich Lu und Pe zurück. Sie ließen die beiden Frauen und ihre Kinder in dem Versteck zurück. Lu und Pe hatten schon vor einiger Zeit eine Idee. Diese jedoch umzusetzen war nicht einfach. Sie hatten schon mehrmals drüber gesprochen, doch dieses Mal wollten sie unbedingt zu einem Ergebnis kommen. Sie sprachen sämtliche Möglichkeiten durch, jedoch war keine so ausgereift, dass man sie in die engere Wahl nehmen könnte.

Pe lief unruhig hin und her. Lu seufzte: „Wenn wir nichts Vernünftiges hinbekommen, dann sind wir über kurz oder lang alle tot." Pe meinte: „Wir haben keine andere Wahl, wir müssen unseren ersten Gedanken ausprobieren." Lu nickte: „Ich glaube wir sollten uns sofort an die Arbeit machen und einen Plan ausarbeiten." Sie sprachen alles mehrmals durch, bis sie alle Risiken einkalkuliert hatten.

Ihr Plan war, den riesigen Kater auf die Straße zu locken, so dass er von einem Auto überfahren wird.

Pe meinte: „Wir müssen mindestens zwei bis drei von unserem Nachwuchs opfern, weil wir diesen Kater nicht anders bekommen können."

Lu nickte: „Wir lassen auf beiden Seiten der Straße die Jungen spielen, bis der Kater auf sie aufmerksam wird. Dann schlagen wir zu. Wir gehen wieder auf die andere Straßenseite und warten auf die Gelegenheit die ganze Geschichte unter Dach und Fach zu bringen."

Lu machte seiner Familie ein Zeichen und als die Straße frei war, rannten sie wieder auf die andere Seite.

Als Pe sah, dass alles reibungslos geklappt hatte, drehte er sich um und wollte zu seiner Familie zurück, als er den riesigen Kater sah, welcher sich gerade über seinen Nachwuchs hermachte. Seine Frau hatte sich anscheinend noch rechtzeitig in Sicherheit bringen können.

Pe drehte sich voll Entsetzen zur anderen Straßenseite um. Als er sah, dass Lu alles mitbekam, machte er diesem ein Zeichen. Wenn sie den Kater erwischen

wollten, mussten sie jetzt schnell handeln und frei improvisieren. Pe gab ein paar Geräusche von sich, damit der Kater ihn bemerkte. Als dieser ihn sah, rannte er sofort auf die Straße und brachte den Kater dazu, ihm zu folgen. Lu sah jetzt seine Gelegenheit kommen und rannte von der anderen Seite laut piepsend auf den Kater zu. Dieser war ganz verwirrt, als er plötzlich noch eine ausgewachsene Ratte vor sich sah. Als der Kater sich umsah, um zu entscheiden welche von den beiden er jetzt jagen sollte, bemerkte er nicht den Omnibus welcher sich näherte. Lu und der Kater hatten keine Chance zu entkommen und wurden beide platt gefahren. Als Pe sah, dass sein Freund Lu es nicht geschafft hatte, trauerte er ein wenig um ihn. Dann sah er Lu´s Frau und er dachte daran, dass er jetzt zwei Frauen hatte.
Seine Trauer war sofort verflogen und ein paar wüste Gedanken machten sich bei ihm breit.
Im französischen nennt man dies – ménage à trois

Genieße es, solange du Phantasie hast und träumen kannst, denn die Wirklichkeit ist meistens hart und grausam.

Alfred Paetz

Leben und Tod waren schon immer nahe beieinander

Die Neuen

Lena und Mara standen nebeneinander und tuschelten über ihre Kolleginnen und Mitbewohner. Sie lebten mit noch neun anderen in einem großen Raum. Lena drückte sich an Mara: „Ich bin gespannt wer von uns als nächstes abgeholt wird." Mara nickte: „Und ich warte bis endlich mal wieder frisches Blut zu uns kommt. Meistens wenn ein paar von uns abgeholt werden, kommen kurze Zeit später wieder ein paar Neue." Lena drückte sich an Mara. Diese meinte: „Ich bin so froh, dass wir uns hier getroffen haben." Das ist richtig, ich mag dich auch sehr. Nur jetzt bekomme ich langsam Hunger." „Der müsste bald kommen."

Kurz nach diesem Gespräch ging die Tür auf und das heiß ersehnte Essen kam. Sie aßen wie immer langsam und genüsslich. Als sie satt waren, lehnten sie sich faul und träge zurück. Sie fielen in so eine Art Dämmerschlaf. Sie wurden aufgeschreckt durch Lärm und Geschrei. Dann ging die Tür auf und zwei neue Mitbewohner wurden mit Gewalt hereingestoßen.

Lena und Mara waren wie elektrisiert. „Mein Gott, zwei Männer!" Mara war ganz aufgeregt, sie zitterte am ganzen Körper. „Und was für Prachtexemplare" meinte Lena. Ihr lief das Wasser die Mundwinkel hinunter. Auch die anderen wurden ganz nervös.

Die zwei Neuen wurden sofort zu den Kolleginnen, welche ganz am Anfang standen, geführt. Lena und Mara sahen sich an: „Natürlich wie immer, die da vorne werden wieder bevorzugt." meinte Lena. Auch bei den anderen Kolleginnen brach Unruhe aus. Mara seufzte:

„Lass es gut sein, wenn wir an der Reihe sind werden wir unser Bestes geben, dann werden wir wieder mit einem extra Essen belohnt."

Am nächsten Morgen war es dann soweit. Die beiden Neuen wurden zu ihnen geführt und dann ging es sofort zur Sache. Nach kurzer Zeit waren Lena und Mara so ausgepumpt, dass sie nur noch nach Luft schnappen konnten. So etwas hatten sie beide noch nicht erlebt.

Nach einigen Wochen sagte eines Morgens Mara zu Lena: „Ich glaube ich bekomme Nachwuchs." Lena lachte: „Bei mir weiß ich das schon seit drei Tagen, ich wollte aber noch nichts sagen, damit ich auch ganz sicher bin." Sie drückten sich aneinander und strahlten sich an.

Als die übliche Zeit abgelaufen war, meldete sich bei beiden ihr Nachwuchs. Es war bei Lena und auch bei Mara keine leichte Geburt. Es tat sehr weh, aber es rentierte sich. Beide hatten je vier prachtvolle Burschen geboren. Sie nährten ihren Nachwuchs so gut wie es nur möglich war.

Dann war es soweit. Lena und Mara wurden mit ihrem Nachwuchs hinausgeführt. „Da wir alle beieinander-bleiben dürfen, haben die bestimmt etwas Besonderes mit uns vor." Lena nickte: „Und saubergemacht haben sie uns auch. Da wo wir hinkommen, geht es uns auf jeden Fall besser." Sie mussten in ein großes Fahrzeug steigen. Nach ein paar Stunden waren sie am Ziel. Als sie aus dem Fahrzeug stiegen standen da ein paar Gestalten, welche sie gründlich musterten. Dann sagte einer von denen: „Heute habt ihr aber hervorragende Ware mitgebracht. Das sind die prächtigsten Spanferkel

die ich je gesehen habe und die Alten sind auch Klasse."
Lena und Mara strahlten sich an. Sie wurden in ein
großes Gebäude geführt. Alles war sehr sauber. Sie
waren davon überzeugt ab heute würde es ihnen besser
gehen.

Auch Schweine haben genau wie Menschen ein
Anrecht auf ein wenig Hoffnung.

Alfred Paetz

Das Testament

Als Leo durch das Fenster sah, dass seine Frau Sonia mit ihrem Wagen in die Parklücke vor ihrem Haus fuhr, verkrampfte sich wieder alles in ihm.

Als sie vor ungefähr 20 Jahren heirateten, war Sonia ein zartes schönes Wesen. Irgendwann vor ein paar Jahren änderte sich ihre Wesensart. Sie wurde herrschsüchtig, gemein und hasserfüllt gegen jeden und gegen alles. Er hatte sich schon so oft den Kopf zerbrochen wie es zu dieser Wesensänderung kommen konnte. Er konnte es sich nicht erklären.

Leo ging sogar so weit und fragte seine Schwiegermutter was sie von Sonias Art mit ihrer Umwelt umzugehen hielt. Aber auch Anni, ihre Mutter konnte sich dieses abnorme Verhalten nicht erklären.

„Bist du eingeschlafen oder soll ich die Taschen alleine ins Haus tragen". Er fuhr zusammen als er ihre schrille, kreischende Stimme hörte. Er rannte aus dem Haus um sie nicht noch mehr zu reizen. „Jetzt wird es Zeit, nimm die Taschen und bring sie rein und fang an sie auszuräumen". Leo nahm wortlos die Taschen und ging in das Haus. In der Küche fing er sofort an die Einkäufe in die Schränke einzuräumen. „Pass auf, dass du nicht wieder alles falsch machst." Er nickte wortlos und beeilte sich so schnell es nur irgendwie ging, nur dass er aus ihrer Nähe wegkam. Er arbeitete bei der Bahn in einer Telefonzentrale und Auskunftstelle. Als er vor einiger Zeit beantragte, dass er nur nachts arbeiten wollte, waren seine Kollegen begeistert da diese lieber nachts zu Hause sein wollten. Er schaute auf die Uhr und seufzte, weil es noch mindestens zwei Stunden bis zu seinem Dienstbeginn war.

Er achtete peinlich genau darauf was er tat. Erstens, dass seine Frau zufrieden war und keinen Grund fand ihn zu demütigen. Und zweitens, dass die Zeit, bis er zum Dienst musste, einigermaßen friedlich verlief.

Dann war es soweit. Er richtete seine Tasche mit Getränken und einer Kleinigkeit zu Essen.

Als er in seinem Auto saß und in Richtung Bahnhof fuhr, war er so erleichtert, dass er laut anfing zu singen.

Als er in seiner Dienststelle ankam, grinste ihn seine Kollegin Anni an und meinte: „ So wie du aussiehst, hast du ein zufriedenstellendes Erlebnis gehabt".

„Vielleicht, vielleicht auch nicht, dreimal darfst du raten".

Anni wusste, dass es bei Leo zu Hause nicht besonders gut lief. Als Leo vor einiger Zeit mal wieder auf dem Tiefpunkt war, hat Anni ihn getröstet und sie kamen sich etwas näher. Ihre Beziehung beschränkte sich aber auf ein paar innige Umarmungen. Er genoss diese Umarmungen sehr, weil es zu Hause so etwas schon lange nicht mehr gab. „Wenn ich dich sehe, geht es mir immer gut" grinste Leo. Anni lachte und meinte, er müsse das erst einmal beweisen. Ihr Dienst verlief ohne besondere Vorkommnisse. Als es in Richtung Dienstende ging, wurde Leo immer nervöser. Anni versuchte ihn aufzumuntern, was aber nicht recht gelang.

Als er nach Dienstende zu seinem Auto ging, klingelte plötzlich sein Handy. Es war seine Schwiegermutter welche ihn anrief. „Hallo Leo, hast du noch etwas Zeit.

Du könntest mir bei ein paar Besorgungen helfen. Mit Sonia habe ich schon gesprochen, die ist informiert." „ Ist doch klar ich komme sofort vorbei." Leo stieg in sein Auto und fuhr in die Richtung in welcher seine Schwiegermutter wohnte. Er fühlte sich erleichtert, dass er nicht sofort nach Hause musste. Als Leo vor dem Haus parkte, stand Gerda seine Schwiegermutter schon unter der Tür und empfing ihn. Leo rief ihr zu: „Du siehst wieder aus wie das blühende Leben." Gerda lachte: „Du alter Schmeichler, komm ins Haus." Als sie das Haus betreten hatten, schloss sie die Tür. Dann fielen sie sich in die Arme. Die Umarmung war sehr innig und die Küsse, welche sie austauschten waren sehr heftig. „Du bist heute aber temperamentvoll" lachte Leo. Gerda zog ihn ins Wohnzimmer. Ihr Blick war Ernst als sie ihn auf einen Sessel drückte. „Du weißt doch, dass ich in letzter Zeit mehrere Arzttermine hatte. Jetzt habe ich die endgültigen Ergebnisse bekommen. Ich habe Krebs im fortgeschrittenen Stadium und ich werde kein halbes Jahr mehr leben." Leo war entsetzt: „Aber warum so schnell. Da muss man doch irgendetwas tun können." Gerda schüttelte den Kopf: „Der Krebs hat schon zu weit gestreut, da ist nichts mehr zu machen."
Leo schüttelte seinen Kopf. Gerda war die einzige Person, welche ihm immer wieder Halt gab. Er konnte kaum seine Tränen zurückhalten. Gerda nahm seine Hände und sagte leise: „Ich habe vorgesorgt, du wirst in Zukunft keine Probleme mehr haben."
Sie saßen noch eine Zeitlang engumschlungen beieinander. Dann begannen sie ein zaghaftes belangloses Gespräch. Gerda machte ihm klar, dass er

sich endlich einmal gegen Sonia zur Wehr setzen musste. Sonst würde er irgendwann endgültig untergehen. Nach einiger Zeit sagte Gerda zu Leo: „Geh jetzt nach Hause, damit Sonia keinen Grund hat dir wieder Vorwürfe zu machen." Zum Abschied gab es noch einmal eine sehr innige Umarmung.

Als er zu Hause ankam, war die Stimmung wie immer. Sonia zischte ihn nur an, wo er sich solange rumgedrückt habe. Leo reagierte nicht auf die Ausbrüche von Sonia, denn er wusste, dass alles was er sagte würde die Stimmung noch anheizen.

Nach ein paar Tagen, als er beim Dienst war, kam sein Vorgesetzter völlig aufgelöst zu ihm: „Leo, du sollst sofort nach Hause kommen, mit deiner Schwiegermutter ist etwas passiert."

Leo rief sofort Sonia auf ihrem Handy an. Sonia meldete sich sofort: „Komm nach Hause, Mutter ist gestorben." Leo setzte sich sofort ins Auto und fuhr so schnell er konnte nach Hause. Als er die Haustür aufschloss, kam ihm Sonia entgegen. Zum ersten Male seit Jahren umarmte sie ihn wieder. Sie schluchzte und sagte leise: „Warum hat sie das nur getan?" Leo schob Sonia von sich und sah sie an: „Was ist, was hat sie getan?" „Sie hat mich angerufen und gesagt ich solle für sie einige Besorgungen machen. Da es ihr aber nicht so gut ginge, sollte ich aber den Schlüssel von ihr mitnehmen. Als ich ungefähr zwei Stunden später bei ihr war fand ich sie leblos auf der Couch liegen. Ich rief sofort den Notarzt. Dieser konnte nur noch ihren Tod feststellen." Bei Leo liefen einige Tränen über das Gesicht. „Wieso ging das plötzlich so schnell? Vor ein paar Tagen als ich bei ihr war, ging es ihr doch recht gut." „Sie hat eine Überdosis Schlaftabletten geschluckt und sich noch gleichzeitig die Pulsadern geöffnet." Leo schluckte und fing jetzt richtig an zu weinen. Langsam wurde Sonia wieder ganz sie selbst. Sie fuhr ihn an: „Hör auf zu flennen, sag mir lieber warum du nichts bemerkt hast, als du bei ihr warst?" „Sie war wie immer, wir haben uns sogar sehr gut unterhalten!" „Das glaubst du doch selbst nicht, du hast dich noch nie richtig unterhalten können." „Mit dir bestimmt nicht, du Giftspritze." „Was hast du gesagt schrie Sonia, nimm das sofort zurück." Leo winkte nur ab und verließ das Zimmer.

Nach ein paar Tagen eisiger Stimmung kam Post von einem Anwalt. Darin wurde die Testamentseröffnung am darauffolgenden Montag um 10.00 Uhr vormittags mitgeteilt. Die Tage bis zur Testamentseröffnung waren schrecklich.

Am Tage der Testamentseröffnung war Leo schon eine Stunde früher im Notariat. Als Sonia dann kam, hat eine Angestellte ihre Ausweise eingesammelt und überprüft. Dann wurden sie in das Amtszimmer des Notars geführt. Als sie auf ihren Plätzen saßen, überprüfte der Notar noch einmal die Anwesenheit der Erben. Dann räusperte er sich und sagte: „ In diesem Testament stehen einige ungewöhnliche Wünsche der Erblasserin. Ich möchte sie bitten aufmerksam zuzuhören und bei Unklarheiten sich sofort zu melden."

„Und jetzt zum Inhalt des Testaments: Liebe Sonia, lieber Leo, wie euch bekannt ist besitze ich außer meinem Wohnhaus noch eine Eigentumswohnung und eine Ferienwohnung auf der Insel Sylt. Ferner noch einige Aktien und Wertpapiere welche von der Bank verwaltet werden. Im Notariat ist alles hinterlegt. Der Wert meines gesamten Vermögens beläuft sich nach ersten Schätzungen auf ungefähr neunhunderttausend Euro. Als Leo zu Sonia hinüberschaute, sah er, dass sie ihn hämisch triumphierend angrinste. Er wusste sofort, wenn die Testamentseröffnung vorbei war, war auch ihre Ehe zu Ende. Der Notar räusperte sich und fuhr fort:

„Damit bei der Aufteilung meines Nachlasses keine endlosen Diskussionen auftreten, verfüge ich, dass alles verkauft werden soll und der Erlös nach Begleichung aller Abgaben und Gebühren wie folgt aufgeteilt werden: Ein Drittel der Summe soll meine Tochter Sonia erhalten. Die anderen zwei Drittel soll mein Schwiegersohn Leo bekommen. Sonia brachte nur ein unkontrolliertes Röcheln hervor. Der Notar fuhr fort: „Leo stand mir bei meiner Krankheit immer geduldig zur Seite. Und außerdem war er lange Jahre der beste Liebhaber den ich je hatte." Sonia fing an zu kreischen: „Du hinterlistiges Schwein. Das ist noch nicht vorbei. Ich werde meinen Anwalt beauftragen, dieses Testament anzufechten. Ich werde dafür sorgen, dass du überhaupt nichts bekommst. Der Notar bat um Ruhe. „Weiterhin verfüge ich, dass derjenige der dieses Testament nicht akzeptiert, vom Erbe ausgeschlossen und auf den gesetzlichen Pflichtteil gesetzt wird."

Der Notar räusperte sich wieder und sagte: „Sie haben jetzt eine Woche Zeit. Dann müssen sie, wenn sie das Testament anerkennen, unterschrieben haben. Ansonsten tritt die Verfügung der Erblasserin in Kraft."

Der Notar erhob sich und wünschte noch einen guten Tag und verließ den Raum.

Sonia ging sofort auf Leo los: „Du miese Ratte hast mich jahrelang belogen und betrogen, das werde ich dir heimzahlen." Leo wusste nicht was er sagen sollte und ging wortlos hinaus. Die wütenden Attacken von Sonia verfolgten ihn noch bis er in sein Auto stieg. Er fuhr auf dem schnellsten Wege nach Hause. Er wollte noch einiges an Kleidung abholen, da ihm klar war, dass er dort nicht bleiben konnte. Da er ein Schlüssel vom Haus seiner Schwiegermutter hatte, wollte er dort wohnen bis alles lt. Testament geklärt war.

Als er das notwendigste gepackt hatte, verließ er das Haus. Seine zwei Taschen warf er auf den Rücksitz. Gerade als er losfahren wollte, kam ein Polizeiauto und hielt direkt neben ihm. Leo stieg wieder aus seinem Auto und ging auf die beiden Beamten zu, welche auch ausgestiegen waren. Der eine fragte Leo nach seinem Namen und ob Sonia seine Ehefrau wäre. Als Leo alles bestätigte und sich ausgewiesen hatte, sagte der eine Beamte: „Wir haben ihnen eine traurige Mitteilung zu machen. Ihre Ehefrau fuhr mit weit überhöhter Geschwindigkeit auf der Stadtautobahn gegen einen Brückenpfeiler. Nach den Zeugenaussagen war es kein Unfall, sondern geschah mit voller Absicht. Sie verstarb noch an der Unfallstelle.

Heirate oder heirate nicht, du wirst beides bereuen.
Alfred Paetz

Nachdenklich

Wenn die Menschheit etwas mehr nachdenken

würde, gäbe es kein Elend mehr und wir würden

schon zu Lebzeiten im Paradies leben

Alfred Paetz

Der Loser

„Schwester, Schwester der Patient von 41b ist verschwunden." „Haben sie überall nachgesehen? Der ist nämlich stark Selbstmord gefährdet." Schwester Anna holte tief Luft: „Das hat er schon mehrmals versucht, sein Name ist Fred P. Wenn er nicht innerhalb der nächsten Stunde auftaucht müssen wir es der Polizei melden."

Nach einer umfangreichen Suchaktion meldete Schwester Anna das Verschwinden von Fred P. in der Verwaltung. Die dortige Mitarbeiterin der Spezialklinik für Psychiatrie rief sofort bei der Polizei an. Kurze Zeit später kamen zwei Polizeibeamte und nahmen den Fall auf. „Ist der Entflohene gefährlich für andere, oder weshalb ist er hier bei ihnen." „Nein, gefährlich für andere ist er nicht. Er ist nur stark Suizid gefährdet. Er hat schon mehrmals versucht, sich das Leben zu nehmen." Die Beamten notierten noch welche Kleidung er zum Zeitpunkt des Verschwindens trug und fragten nach einem Bild des Entflohenen. Gerade als sie gehen wollten, kam der Klinikdirektor und wollte genauere Auskunft wie so etwas geschehen konnte. Er wandte sich an die Polizeibeamten, dass die Suche nach dem Entflohenen Fred P. so diskret als nur möglich durchgeführt werden sollte. Die beiden Beamten bestätigten, dass sie dies im Rahmen ihrer Möglichkeiten tun wollten. Der Direktor wandte sich an den inzwischen eingetroffenen leitenden Arzt dieser Abteilung: „Wir beide werden uns die Akten dieses

Patienten ansehen, damit wir eventuell einschätzen könne was dieser vorhat oder wohin er vielleicht geht."

Der Arzt Dr. Spiegel winkte ab, der Loser hat nur eines im Sinn, nämlich seinem Leben ein Ende zu setzen."

„Warum Loser?" „Mit diesem Spitznamen wurde er schon bei uns eingeliefert. Er hat sich nämlich bei seinen verschiedenen Selbstmordversuchen so schrecklich dämlich angestellt, dass nur eine Einweisung bei uns noch übrigblieb." Der Direktor und Dr. Spiegel verließen das Patientenzimmer und gingen in Richtung Verwaltung davon. Als sie im Büro ankamen und Platz genommen hatten, forderte der Direktor den Arzt auf, ihn über den Patienten Fred P. zu informieren.

„Bei seinem ersten Versuch, welcher uns bekannt ist, hat er Schlaftabletten geschluckt. Da er aber kurz vorher ein üppiges Essen zu sich nahm, welches sich nicht mit den Tabletten vertragen hat, hat er sich furchtbar übergeben müssen. Deshalb war er am nächsten Tag wieder fit." „Dies ist schon öfters geschehen, dass einer der Tabletten geschluckt hat, alles wieder von sich gegeben hat."

„Als sein Selbstmordversuch bekannt wurde, hat man ihn erst in Therapie gebracht und dann mit einer Selbsthilfegruppe bekannt gemacht. Nach einiger Zeit, so zwei bis drei Monate waren alle der Meinung, dass er so etwas nicht mehr tun würde."

„Wieder eine Zeitlang später, wurde er mit etlichen Knochenbrüchen und einer Gehirnerschütterung in das örtliche Krankenhaus eingeliefert. Die Polizei hat daraufhin recherchiert und festgestellt, dass er wieder einen Selbstmordversuch begangen hat. Er wollte von einem Hochhaus springen. Da er auf der falschen Seite runtersprang, hat er übersehen, dass zwei Stockwerke unter ihm ein Balkon war. Dort schlug er nach sechs bis acht Metern voll auf den Betonboden des Balkons auf."

„mein Gott, das ist ja furchtbar!"

„Dann wieder das übliche Spiel, erst in die Klinik, dann als seine Knochenbrüche geheilt waren wieder zu uns in die Psychiatrie. Nach ein paar Monaten mussten wir ihn entlassen, da es keinerlei Anzeichen auf weitere Versuche sich das Leben zu nehmen, gab. Zudem fanden wir entfernte Verwandte welche ihn unter ihre Fittiche nehmen wollten."

Der Direktor schluckte und sagte: „Herr Dr. Spiegel, das ist ja mehr als entsetzlich. Ich hoffe, das war jetzt alles oder gab es noch mehr Versuche?"

„Es geht noch weiter. Irgendwann erreichte uns die Nachricht, dass Fred P. in Österreich in eine Klinik eingeliefert wurde. Seiner Aussage nach, ist er auf einer Wanderung ausgerutscht und eine steil abfallende Fels – wand hinuntergefallen. Eine, sich in der Nähe befindliche Wandergruppe sagte aber aus, dass er Anlauf nahm und gesprungen ist. Unterhalb der Felswand befindet sich ein Weg, auf welchem sich genau in diesem Augenblick ein Bauer mit seinem Heuwagen befand. Auf genau diesen stürzte unser Patient. Er zog sich ein paar schwere Verstauchungen und Prellungen, sowie eine leichte bis mittlere Gehirnerschütterung zu. Ansonsten ging es ihm den Umständen entsprechend gut. Als er transportfähig war, wurde er wieder bei uns eingeliefert."

„Das ist nicht zu fassen!"

Dr. Spiegel meinte: „Jetzt können wir nur hoffen, dass er so schnell als nur möglich gefunden wird."

Der Direktor nickte und meinte: „Hoffentlich macht er keine Dummheiten, sonst werden wir zur Verantwortung gezogen."

Ein paar Tage später kam ein Anruf von der Polizei. „Bei Ihnen ist doch ein Patient mit dem Namen Fred P. abhandengekommen. Dieser wurde gestern Abend gefunden." „Ist er gesund, wie geht es ihm?" „Er ist leider tot. Er wurde in einem Wald zwanzig Kilometer von hier gefunden." „Oh, wie ist es passiert, was ist geschehen?" „Er wollte sich erhängen, dazu ist er auf einen Baum geklettert und hat ziemlich weit oben ein Seil befestigt. Als er sich die Schlinge um den Hals legte und sprang, stellte sich heraus, dass das Seil zu lang war." Mein Gott, das kann doch nicht wahr sein! Was ist dann geschehen?" „Er prallte auf dem Boden auf und brach sich beide Beine. Dadurch konnte er nicht aufstehen und sich aus der Schlinge befreien. Er starb langsam und qualvoll durch Sauerstoffmangel und schwere Verletzungen am Kehlkopf."

Besser den Tod als ein Leben ohne Zukunft
Alfred Paetz

„ Der Galgenbaum"   von Jacques Callot

Hallo Jungs lasst uns gemeinsam abhängen

Vermisst

In der Forstverwaltung fand eine Krisensitzung statt. Der Vorsitzende der Kommission sah in die Runde und fing an nervös in seinen Papieren zu blättern. „Wir müssen schnell etwas unternehmen, weil, wie Sie wissen vergangenen Monat wieder zwei Wanderer verschwunden sind. Das sind jetzt in den letzten zwei Jahren fünf Personen welche nie wiederaufgetaucht sind." Paul, welcher neben ihm saß meinte: „Wir sollten einen Suchtrupp organisieren. Zuerst sollten wir aber herausfinden wohin sie wollten und ob sie ein besonderes Ziel hatten." Ralph von der anderen Seite des Tisches meldete sich: „Alle haben nach den Einsiedlermönchen gefragt. Dort sollten wir anfangen, vielleicht wissen die mehr über den Verbleib der Verschwundenen." „In Ordnung, wir stellen mindestens zwei Suchtrupps zusammen. Ich würde vorschlagen Erik und Ralph und Paul und Georg. Zuerst sollten wir uns über die Routen und das Gebiet welches wir absuchen wollen, im Klaren sein. Setzt euch zusammen und plant genau wie ihr Vorgehen wollt, damit wir so Optimal wie nur möglich Erfolg erzielen." Erik erhob sich und holte aus dem Büro nebenan eine große Landkarte. „Das Gebiet in dem alle verschwunden sind, ist mehrere hundert Quadratkilometer groß." „Wir zeichnen erst einmal die Stelle ein, wo die Einsiedelei mit den Mönchen ungefähr zu finden ist." Als sie die Stelle im Plan eingezeichnet hatten, legten sie die Routen fest welche die beiden Gruppen nehmen sollten. Die gesamte Gegend war mit dichtem Wald bewachsen. Einige Berge erschwerten zudem noch ihre Mission. Die beiden Gruppen zogen sich zurück um noch genau zu planen wieviel Vorräte sie mitnehmen wollten. Bis zu den Mönchen war es für die Gruppe von Erik und Ralph einen Fußmarsch von ungefähr zwei Tagen. Paul und Georg dagegen würden mindestens drei Tage brauchen. Sie hofften, dass sie dort ein paar Informationen über den Verbleib der vermissten Wanderer bekommen würden.

Sie besorgten sich noch die benötigten Vorräte und am nächsten Tag zogen sie los. Beide Routen waren schon eine ziemliche Herausforderung, da es immer bergauf und bergab und durch dichtes Waldgebiet ging. Der Weg von Paul und Georg war etwas länger, da sie nicht über einen bestimmten Berg mussten, sondern um ihn herum zu gehen hatten. Erik und Ralph hatten zwar die kürzere Strecke, weil sie den Berg direkt überqueren konnten. Dafür war dies aber um einiges anstrengender als die viel längere Strecke von Paul und Georg.

Ihr Chef fuhr sie noch mit seinem Jeep ein paar Kilometer bis zu dem Punkt von welchem aus es mit dem Auto nicht mehr weiterging.

Sie vereinbarten, dass sie sich bei den Mönchen treffen wollten um das weitere Vorgehen bei der Suche nach den Verschwundenen abzusprechen.

Am Abend des zweiten Tages sahen Erik und Ralph eine dünne Rauchfahne. „Wir haben sie auf Anhieb gefunden." Freute sich Erik. „Das Beste ist, wir schlagen unser Nachtlager bei den Mönchen auf. Dort warten wir auf Paul und Georg." „Auf geht's, die letzten Kilometer schaffen wir auch noch." Nach einer Stunde waren sie dort. Einer der Mönche kam gerade aus der Hütte. Als er die beiden sah, rief er ganz aufgeregt einen Namen. Sofort kam ein zweiter angerannt. Erik und Ralph wurden überschwänglich begrüßt.

Sie wurden sofort zum Abendessen eingeladen. Es gab selbsthergestellten Wein aus wilden Trauben, Beeren und Wurzelgemüse mit kleinen Fleischstückchen drinnen. Es schmeckte herrlich, aber dann wollten sie nur noch Schlafengehen, da sie todmüde waren.

Paul und Georg hatten auf ihrer Route einige Probleme, da es durch den letzten Sturm viele umgestürzte Bäume gab und ihre Strecke manchmal fast undurchdringlich war. Daher benötigten sie einen halben Tag länger als geplant. Dann sahen sie das bescheidene Anwesen der Mönche. Als sie näherkamen und bemerkt wurden, sahen sie hektische Betriebsamkeit. Dann kam ihnen einer der Mönche entgegen. Er begrüßte sie etwas aufgeregt und sagte ihnen, dass sie nur selten Besuch hätten. Paul fragte ihn ob ihre Kollegen Erik und Ralph schon eingetroffen sind. Der Mönch verneinte mit der Bemerkung, es wäre schon monatelang niemand mehr dagewesen. Dann trat der zweite Mönch hinzu und sagte: „Sie kommen gerade richtig. Wir kochen gerade etwas Fleisch von Fasanen welche wir gefangen haben, ab." Paul und Georg legten ihre Rucksäcke ab und setzten sich an das Feuer auf welchem ein eiserner Kessel hing. Paul sagte: „Eigentlich sollten zwei von unseren Kollegen schon seit gestern hier sein." „Hat das einen besonderen Grund, dass sie bei uns sind." „Ja, wir wollen ein paar Wanderer suchen, die in den letzten

Jahren angeblich hier in der Gegend waren und auf seltsame Weise verschwunden sind." Der eine Mönch räusperte sich und erwiderte: „Bei uns war das letzte Mal vor ungefähr einem Jahr jemand. Aber der war nur einen Tag bei uns, dann zog er weiter und wir haben ihn nie wiedergesehen." Während ihres Gesprächs rührte der andere Mönch in dem Kessel und meinte, dass sie bald etwas davon probieren könnten. Er sagte, dass sie normalerweise nach dem Kochen das Fleisch noch anbraten, damit es länger haltbar bleibt.

Kurze Zeit später nahm der Mönch einen großen Brocken Fleisch aus dem Kessel und legte ihn auf einen gro0en Blechteller. „Schneidet euch ab, soviel ihr wollt. Ich hole noch etwas Gemüse." Alle nahmen sich ein Stück Fleisch vom Teller. Es schmeckte hervorragend. Nach einer Weile stand Paul auf und sagte, dass er sich erleichtern müsse. Er ging ein paar Meter in den Wald. Nach ein paar Minuten kam Paul wieder zurück. Er war kreidebleich und schwankte unsicher auf Georg zu. Der rief erschrocken: „Mein Gott was ist mit dir?" „Ich habe Erik und Ralph gefunden!" Er deutete auf den Kessel mit dem Fleisch und sagte: „Das ist einer von ihnen, dort hinten liegen die Überreste von den beiden." Er deutete auf die beiden Mönche: „Sie wussten nicht, dass wir kommen und hatten noch keine Zeit die Spuren zu vernichten."

Heilig oder scheinheilig, beides kann gruselig sein.

Alfred Paetz

Guten Appetit

Überraschung

Als Alan sich von seiner Frau Helen verabschiedete, bebte er innerlich vor Freude. Er musste geschäftlich zu einem Kunden um dort die Sicherheitssoftware auf den neuesten Stand zu bringen und für einige Zeit diese auf Fehler zu überprüfen und zu überwachen.

Dort gab es eine Empfangsdame mit Namen Maren. In diese hatte er sich unsterblich verliebt. Er liebte Helen sehr, aber als er Maren zum ersten Male sah, war er hin und weg.

Als er bei Maren ankam, strahlte diese ihn an, dass er sicher war, ihr ging es nicht anders als ihm. Er machte einen seiner üblichen Scherze: „Du wirst immer jünger und schöner." Sie ging immer mit gespielter Verlegenheit darauf ein. Alan wusste zwar, dass Maren einen Freund hatte, aber er machte sich insgeheim Hoffnungen, dass sie doch irgendwie zueinander finden würden.

Maren ging immer auf seine Scherze ein und deshalb machte er sich große Hoffnungen, dass es eines Tages intensiver werden würde.

Eines Tages als er wieder zu Maren kam, saß diese an ihrem Platz am Empfang und weinte. Sofort nahm er sie in seine Arme und fragte: „Um Himmels willen, was ist denn passiert." Maren schluchzte, brachte jedoch kein Wort heraus. Als sie sich ein wenig beruhigt hatte, fing sie an zu erzählen. Immer wieder von heftigem Weinen unterbrochen bekam er heraus, dass sie von ihrem Freund mit seiner Exfrau betrogen wurde. Er sagte ihr, dass er wieder mit seiner Frau zusammenleben wolle.

Maren hatte insgeheim damit gerechnet, dass sie für immer zusammenbleiben würden.

Als es ihr dann besser ging, machte sie Feierabend, aber nicht ohne Alan noch einmal heftig zu umarmen.

Am nächsten Tag hatte Alan Herzklopfen als er zu Maren in den Betrieb fuhr. Da er immer spätnachmittags, wenn die meisten Betriebsangehörigen nach Hause gingen, dort tätig war, waren sie fast immer alleine. Als er Maren am Empfang sitzen sah, schlug sein Herz so heftig, dass es fast wehtat. Maren`s Augen leuchteten auf, als sie ihn sah. Sie stand sofort auf und kam ihm entgegen. Die Umarmung, welche dann folgte war sehr innig. Nach einigen Minuten lösten sie sich voneinander und sahen sich schweigsam in die Augen. „Wie geht es dir" fragte Alan. „Nicht besonders gut ich habe heute Nacht fast nicht geschlafen" „Denk nicht mehr darüber nach, irgendwann bist du darüber hinweg". Als Maren nach Hause ging, konnte Alan sich nicht auf seine Arbeit konzentrieren. Einerseits bedauerte er Maren mit ihrem Kummer, andererseits hoffte er, dass er bei Maren eine Chance bekommen würde.

In den darauffolgenden Tagen hatte Maren noch große Probleme ihren Kummer zu vergessen. Sie umarmten sich täglich, wobei die Umarmungen immer intensiver wurden. Dann nach ungefähr zwei Wochen sah man es Maren an, dass es ihr jetzt besser ging.

Alan´s Frau Helen machte irgendwann eine Bemerkung, weil er immer öfters aufgeregt war. Sie lachte: „Du kommst mir vor wie ein verliebter Schuljunge." Alan hatte ihr von Maren´s Kummer erzählt. „Gehe ich Recht in der Annahme, dass du sie sehr gut leiden kannst"? Alan lief rot an und stotterte leise: „Sie tut mir halt leid." Maren meinte: „Pass auf, dass diese Geschichte nicht ausartet". Alan schüttelte mit dem Kopf, antwortete aber nicht. Da er immer spätnachmittags zu Maren kam, fanden sie immer einen leeren Schulungsraum oder ein Nebenzimmer. Dort umarmten sie sich nicht nur, sondern streichelten sich auch sehr intensiv. Irgendwann passierte es dann. Es war bei beiden wie eine Explosion. Sie waren die glücklichsten Menschen der Welt.

Helen spürte, dass Alan sich verändert hat. „Wie geht es Maren? Ich habe das Gefühl du hast dir da ein kleines Problem angelacht." „Mach dir keine Sorgen, ich komme zwar außergewöhnlich gut mit ihr aus, aber es wird dadurch kein Problem entstehen." „Hoffentlich hast du Recht." Alan schluckte, aber erwiderte nichts. Als er nachmittags wieder bei Maren war, sah diese sofort, dass ihn etwas bedrückte. „Was ist los, was hast du?" Alan sah sie an und sagte: „Meine Frau hat einen Verdacht. Sie hat mich heute Morgen auf unsere Beziehung angesprochen." „Was hast du ihr gesagt?" Alan schluckte und meinte: „Ich weiß nicht wie ich mich verhalten soll." Maren sah ihn an und sagte: „Bring sie doch einfach mit und wir spielen ihr etwas vor, damit sie überzeugt ist, dass zwischen uns nichts läuft." Alan überlegte, dass dies im Augenblick die einzige Lösung war. Als er nach Hause kam, war er besonders aufmerksam. Dann später als sie zu Bett gingen, war er zärtlich wie schon lange nicht mehr. Am nächsten Morgen machte er Helen den Vorschlag doch einfach mit ihm zu Maren zu kommen. Sie überlegten was für eine Erklärung sie bei Maren vorbringen könnten, warum

Helen ihn begleitete. Sie kamen überein, dass sie ohne eine erfundene Erklärung am besten zurechtkommen würden.

Dann war es so weit. Beide hatten ein mulmiges Gefühl in der Magengegend. Als sie dann durch die Tür zum Empfang gingen sprang Maren auf und kam ihnen entgegen. Alan stellte sie einander vor. Er hatte einen ganz roten Kopf und stotterte vor Verlegenheit. Durch die ganze etwas prekäre Situation spürte er ein dumpfes Gefühl in der Magengegend. Er entschuldigte sich bei den beiden und verschwand in Richtung Toiletten. Da er immer noch ganz nervös war ging die Sitzung etwas länger als geplant. Als er fertig war, hörte er auf dem Weg zum Empfang lautes Lachen. Er hörte gerade noch wie Helen zu Maren sagte: „Wenn er seine Tabletten schluckt, wird sein Ding so groß, dass man die zehn Gebote draufschreiben könnte. Maren schlug sich die Hände vor das Gesicht und lachte wie er es noch niemals gesehen hatte. Als die beiden ihn sahen, wurde aus dem Lachen lautes Gekreische. Maren liefen Tränen aus den Augen und sie hatte einen feuerroten Kopf. Helen legte ihren Arm um Maren, die sich kaum beruhigen konnte. „Vermutlich amüsiert ihr euch auf meine Kosten" sagte Alan mit immer noch belegter Stimme. Helen sagte mit einem listigen Blick: „Ich glaube heute wird es nichts mehr mit arbeiten, deshalb werden wir uns auch verabschieden." Maren nickte und sagte mit einem Blick auf Alan: „Heute geht bestimmt nichts mehr, aber wir beide - sagte sie mit einem Blick auf Helen – bleiben in Verbindung." Helen nickte: „Ich melde mich in den nächsten Tagen bei dir." Dann schnappte sie Alan und zog ihn in Richtung Ausgang.

Die nächsten Tage waren für Alan nur noch ein einziges Fiasko. Wenn er bei Maren war, gab es außer einer kurzen Umarmung nichts mehr. Sie war zwar lustig und vergnügt wie immer, aber irgendwie anders als sonst.

Zu Hause bei Helen bemerkte er, dass sie öfters telefonierte, ihr Gespräch aber sofort beendete, wenn er in ihre Nähe kam. Auch war sie öfters Unterwegs um angeblich etwas zu „erledigen".

Nach einigen Wochen konnte er nicht mehr. Er fragte Helen und Maren warum sie in letzter Zeit sich so seltsam verhalten würden. Er bekam von beiden nur die Bemerkung, dass sich alles bald ändern würde.

Dann war es so weit. An einem schönen sonnigen Tag als sie beim Frühstück saßen, sagte Helen mit einem verschmitzten Grinsen: „Maren und ich haben eine Überraschung für dich. Du hast ja bestimmt bemerkt, dass wir beide dir gegenüber etwas zurückhaltend waren. Das wollen wir wiedergutmachen." Alan war überrascht: „Hattet ihr so viel Kontakt miteinander, dass ihr mich gemeinsam überraschen möchtet?" „Ja, wir als du mir Maren vorgestellt hast, hat es zwischen uns gefunkt. Wir haben beide bemerkt, dass wir mehr als Sympathie füreinander empfinden." Alan war sprachlos. Er hätte alles Mögliche erwartet, aber das nicht. „Und wie stellt ihr euch vor, wie alles weitergehen soll? Willst du die Scheidung, oder sollen wir einfach so weitermachen, bis sich wieder alles eingerenkt hat?"

„Warte doch einfach ab, wir wollen dich damit überraschen." Das Grinsen von Helen wurde ihm immer unangenehmer. „Morgen Abend gehen wir zusammen ganz groß aus, dann werden wir dir alles sagen."

Am nächsten Abend holten Helen und Alan Maren von zu Hause ab. Bei der Begrüßung küsste Maren erst Alan und dann Helen, wobei dieser Kuss sehr intensiv war. Alan wurde immer gereizter: „Hoffentlich werdet ihr bald fertig, sonst ist das Restaurant zu." „Sei doch nicht so mürrisch. Fahr los, wir gehen zum Chinesen."

Das Essen war wie immer, wieder wunderbar. Die Unterhaltung war ziemlich einseitig. Helen und Maren amüsierten sich prächtig. Je schweigsamer Alan wurde, desto deftiger wurden die Scherze welche Helen und Maren austauschten.

Als sie mit dem Essen fertig waren, sagte Maren: „Wir gehen jetzt zu mir und machen uns noch einen gemütlichen Abend." Alan wusste nicht was er sagen sollte. Deshalb fuhr er ohne etwas zu sagen los. Als sie bei Maren angekommen waren, fuhren sie mit dem Lift in die vierte Etage. In der Wohnung von Maren angekommen, wurde sofort eine Flasche Sekt entkorkt.

Nach dem zweiten Glas wurde Alan ungeduldig: „Was ist, ihr wolltet mich mit etwas überraschen?" Die beiden sahen sich an und standen auf. Mit einem Grinsen deutete Maren auf ihr Schlafzimmer und sagte: „Du wirst jetzt eine Nacht erleben, wie du noch keine je zuvor erlebt hast." Die beiden zogen Alan hoch und führten ihn in Marens Schlafzimmer. Dort zogen sie erst Alan aus. Dann zogen sie sich gegenseitig aus. Alan wurde fast verrückt als er das sah. Dann ging es unheimlich intensiv zur Sache. Damit Alan noch mehr auf Touren kam, begannen die beiden sich erst mit sich selbst zu beschäftigen. Dann kümmerten sie sich mit allen Regeln der Kunst um Alan. Nach ungefähr einer Stunde war Alan fast so gut wie tot. Er lag nur da und rang nach Luft. Helen sagte zu Maren: „Hast du die Joints vorbereitet?" „Na klar, kommt wir gehen auf die Terrasse." Sie zogen Alan hoch und gingen mit ihm auf die Dachterrasse. Dort verteilte Maren die Joints. Während sie mehrere Joints rauchten, bewunderten sie den Sternenhimmel. Helen nickte Maren zu und sie zogen Alan mit zu dem Geländer der Terrasse. Sie bewunderten den Sternenhimmel und Alan schwärmte: „Das war der schönste Tag in meinem Leben." Helen erwiderte: „Dies war auch der letzte Tag in deinem Leben." Die beiden schnappten Alan bei den Beinen und hoben ihn hoch und warfen ihn über das Geländer.

Im Polizeibericht stand, Während Ehefrau und Freundin sich vergnügten, stürzte der Mann der einen, im Drogenrausch vier Stockwerke tief hinunter.

Solange es noch Frauen gibt, sind wir Männer
immer die Verlierer.

Alfred Paetz

Das Leben

Das Leben ist recht schwierig
Probleme gibt es ohne Ende
die Menschen sind doch nur noch gierig
man schrieb darüber viele Bände

Es gab so viele Philosophen
die schrieben sich die Finger wund
sie schrieben über Katastrophen
doch vieles war nur reiner Schund

Gefühle gibt es gar nicht mehr
die Kälte die nimmt überhand
der Geist ist groß und doch so leer
ich suchte schon im ganzen Land

Ich suchte schon die große Liebe,
dass was ich fand war nur verrückt
ich fand die allerschlimmsten Triebe
die Sache war ganz schlimm missglückt

Es gibt doch so viel Elend auf der Welt
dies zu bekämpfen wäre sinnvoll
den meisten geht es nur um Geld
die finden jeden Quatsch noch toll

Ganz vielen Ländern geht es schlecht
durch Hunger und den vielen Kranken
politisch undurchsichtiges Geflecht
bringt manche Hilfe schnell ins wanken

Gar kompliziert ist unser Leben
wir wissen nicht was ist zu machen
nach Macht und Reichtum tun wir streben
man kann darüber nur noch lachen

Helft mit für Frieden überall
das kann doch nicht so schwierig sein
ihr fliegt doch auch hinauf ins All
und lasst die Menschen hier allein

Ein schöner Tod ?

Als Ted die Post durchsah, war wieder ein Schreiben von einem Mieter des Objektes 0/8 in der Royal Street dabei. Dies war jetzt schon das dritte Schreiben in den letzten zwei Wochen. Er seufzte und stand auf um zu seinem Boss zu gehen. „Hallo Steve, hier habe ich wieder etwas für dich." Er wedelt mit dem Schreiben, das er gerade geöffnet hatte. „Sag bloß, dass ist wieder von der Royal Street." Das Objekt 08 in der Royal Street war ein acht Stockwerk hohes Mietshaus ohne Untergeschoß welches sie vor einigen Jahren gekauft hatten. „Exakt, was die beiden anderen auch schon geschrieben hatten. Risse in den Wänden und die Fenster klemmen immer mehr." „Informiere schnellstens die Statiker, damit die ein Gutachten erstellen, ob wir beim Kauf dieser Bruchbude über den Tisch gezogen wurden." Ted nickte und verließ das Büro seines Chefs. Sie waren eine Bau und Immobiliengesellschaft welche fast einhundert Mietshäuser in ihrem Besitz hatten. Als er wieder an seinem Schreibtisch saß, griff er zum Telefon und rief seinen Freund Bob von den Statikern an. Er erklärte ihm, dass sie so schnell als nur möglich ein Gutachten von diesem Gebäude benötigten. Bob versicherte ihm, dass er sofort am nächsten Tag dorthin fahren würde, um sich einen ersten Eindruck zu verschaffen.

Als Bob dort eintraf, ging er zuerst in den Heizungskeller und den Technikraum. Mehr gab es dort unten nicht. Beim Bau dieses Gebäudes hatte man aus Kostengründen auf eine Tiefgarage verzichtet. Dann ging er von Stockwerk zu Stockwerk. Er befragte in jedem Stockwerk ein bis zwei Mieter ob ihnen etwas Ungewöhnliches an dem Gebäude aufgefallen wäre. Je weiter er nach oben kam, desto häufiger waren die Reklamationen welche ihm zu Ohren kamen. Überall die gleichen Klagen. Risse in den Wänden, klemmende Fenster, schlecht schließende Türen und noch einiges andere mehr.

Als er zurück ins Büro kam, fing er sofort an, seinen Bericht zu schreiben. Seiner Meinung nach war die Sache brandeilig. Das Gebäude musste zwar noch von einem Team von Statikern untersucht und vermessen werden, aber er konnte jetzt schon sagen, dass es sehr bedenklich aussah. Spät in der Nacht war er mit seinem vorläufigen Bericht soweit fertig, dass er ihn seinem Boss vorlegen konnte.

Am nächsten Morgen kam er etwas später ins Büro, da er erst nach Mitternacht nach Hause gekommen war. Als seine Kollegin Susan ihn sah, sagte sie: „Du sollst sofort zu Steve kommen." Bob nickte und nahm seinen Bericht und ging zu seinem Chef ins Büro. „Hoffentlich hast du gute Nachrichten." „Leider nein, das gesamte Gebäude ist in einem desolaten Zustand. Meiner Meinung nach wäre es ein Wunder, wenn wir es retten könnten. Es muss zwar noch von den Statikern genauer untersucht werden, aber ich habe wenig Hoffnung, dass wir da noch etwas machen können." Steve haute auf den Tisch und fing sofort an zu fluchen. Bob gab ihm dem Bericht und erklärte ihm alle Fehler, welche er am gesamten Gebäude entdeckt hatte. Steve schüttelte mit dem Kopf und meinte: „Da sind wir aber gewaltig über den Tisch gezogen worden als wir diese Bruchbude gekauft haben." Bob sagte: „Ich werde morgen sofort mit der ganzen Mannschaft das gesamte Gebäude untersuchen. In ein paar Tagen wissen wir ob sich eine Sanierung noch lohnt oder ob wir einen Abriss einplanen müssen." Steve knurrte nur und nickte mit dem Kopf.

Bob ging zurück in die Statik Abteilung und sprach mit seinen Kollegen, wie sie am besten Vorgehen wollten.

Am nächsten Tag suchten sie alle vorhandenen Unterlagen über das Gebäude zusammen. Bob und zwei Kollegen machten sich auf den Weg. Als sie in der Royal Street ankamen, fingen sie im Heizungskeller und dem Technikraum an.

Sie untersuchten das gesamte Gebäude und stellten sehr schnell fest, dass ein Abriss die vernünftigste und billigste Lösung wäre.

Als Bob am nächsten Tag seinem Boss Steve dies mitteilte, lief dieser rot an und bekam einen Wutanfall.

Dann meinte er: „Jetzt müssen wir sehen, dass wir alle Mieter schnellstens rausbekommen und dann mit dem Abriss beginnen bevor noch irgendetwas passiert."

Dann gab er seiner Sekretärin den Auftrag alle zuständigen Abteilungen zu informieren und ein Meeting zu organisieren.

Da in ihren anderen Immobilien laufend Wohnungen frei wurden, gab es keine Probleme die Mieter umzusiedeln.

Dadurch, dass sie die Umzugskosten übernahmen, waren alle Mieter dazu bereit.

Nach mehreren Wochen war es soweit. Das Gebäude war leer und die Absicherungsmaßnahmen konnten beginnen. Erst wurde um das gesamte Gebäude ein Bauzaun errichtet. Dann begann die Planung wie der Abriss erfolgen sollte. Als der Bautrupp kam und sich eingerichtet hatte, ordnete der Bauleiter an, dass das gesamte Gebäude noch einmal abgesucht wird. Nach ungefähr einer Stunde war plötzlich lautes Rufen zu hören. Der Bauleiter rannte in die Richtung aus der die Rufe kamen. Als er in das Gebäude kam sah er seine Mitarbeiter bei den Aufzügen stehen. Als er näherkam, traten diese zur Seite und deuteten Wortlos auf das Innere des Fahrstuhls. Darin sah er zwei nackte Gestalten liegen. Es war ein junges Paar welches vermutlich aus Versehen dort eingeschlossen wurde, als das gesamte Gebäude geräumt war. „Als wir sie fanden, dachten wir sie würden schlafen, dann aber stellten wir fest, dass sie tot waren."

„Sie hatten wenigstens einen schönen Tod."

Die Liebe und der Tod waren schon immer enge Gefährten.

Alfred Paetz

Gefühl

Das Leben ist ein großes Spiel
denn alles ist uns nur egal
weil niemand hat heut noch Gefühl
und alles ist nur noch fatal

Gefühle kann man nicht ausschalten
zur Liebe musst du immer stehen
du musst sie immer feste halten
sonst wird sie immer von dir gehen

Vergessen wird gar immer wieder,
dass uns doch irgendjemand liebt
Gefühle gehen auf und nieder
Ein Mensch ist da der uns das gibt

Wenn du ihn liebst dann sag es ihm
gar dankbar wird er dafür sein
gezogen wirst du zu ihm hin
dann bist du nicht mehr so allein

Es ist nicht gut sich zu verstellen
sonst glaubt dir niemals keiner mehr
du sollst das Leben doch erhellen
sonst ist doch alles öd und leer

Verdammt nochmal hör auf zu klagen
und komm doch endlich in die Gänge
du musst das Glück doch endlich jagen
sonst zieht sich alles in die Länge

Das Ende kommt ganz sicherlich
lass keine Chance aus
sonst kommt die Reue bitterlich
das ist ein großer Graus

Abenteuerurlaub

Larry und Robert freuten sich wie kleine Kinder. Sie planten schon seit Wochen einen etwas ungewöhnlichen Urlaub. Sie wollten mit ihren Frauen und Kindern einen richtigen Abenteuerurlaub machen. Sie hatten in den Rocky Mountains einen See ausfindig gemacht, welcher komplett von Bergen umgeben und abseits jeglicher Zivilisation war. Dort wollten sie drei bis vier Wochen bleiben. Sie wollten jagen, fischen und die Berge, welche den See umschlossen, erkunden. Sie fanden heraus, dass nur ein schmaler, fast undurchdringlicher Weg bis an den See führte. Für diesen Trip hatten sie einen alten Schulbus gekauft und diesen aufwendig renoviert und ausgebaut. Ihre Frauen, Lil und Pam waren von Anfang an etwas skeptisch. Ihre Kinder aber, freuten sich sehr auf diesen Abenteuerurlaub. Beide Familien hatten je ein Junge und ein Mädchen im Alter zwischen acht und zehn Jahre. Diese verstanden sich schon immer sehr gut. Deshalb wollten sie auch diesen etwas außergewöhnlichen Urlaub wagen.

Sie hatten Lebensmittel für ungefähr drei Wochen eingeplant. Sie hofften, mit jagen und fischen ihren etwas einseitigen Speiseplan auszugleichen.

Dann war es soweit. An einem Samstagvormittag fuhren sie los. Lil und Pam machten es sich hinten im Bus mit den Kindern gemütlich, während Larry die erste Etappe hinter dem Steuer verbrachte. Robert, genannt Bob hielt die Karte, auf welcher sie die Fahrtroute eingezeichnet hatten in der Hand. Sie mussten ungefähr zwei bis drei Tage fahren, bis sie ihr Ziel erreichten. Die Stimmung im

Bus war hervorragend und so verging die Zeit wie im Fluge. Die Kinder spielten miteinander und die Frauen unterhielten sich angeregt und planten was sie alles an sportlichen Aktivitäten unternehmen wollten. Sie hofften, dass es in den Bergen an ihrem See nicht zu kühl war, weil schwimmen und wandern ganz oben auf ihrer Liste standen.

Nach drei Stunden löste Bob Larry am Steuer ab. Als sie nach einiger Zeit an einem Rasthof anhielten um zu tanken und eine Kleinigkeit zu essen, deckten sie sich noch mit einigen Zeitungen und anderem Lesestoff ein. Die Schlagzeilen in den Zeitungen stachen ihnen sofort in die Augen. Die Politiker aus Ost und West gingen wieder einmal ganz krass auf einander los. Als Bob die Überschriften gelesen hatte und den Kopf schüttelte, sagte Larry: „Es ist zwar schlimm, was da wieder los ist, wir lassen uns den Urlaub aber nicht verderben."

Bob nickte: „Deshalb fahren wir jetzt weiter, damit wir so schnell wie nur möglich an unserem Ziel ankommen."

Nach ungefähr zwei Tagen, waren sie fast am Ziel angekommen. Jetzt kam der schwierigste Teil ihrer Strecke. Ein unbefestigter Weg, welcher zwischen zwei Bergen nach oben führte. Larry und Bob wollten den Weg erst einmal zu Fuß erkunden. Als sie nach zwei Stunden wieder bei ihren Familien ankamen, wurden sie schon Ungeduldig erwartet. Larry räusperte sich und sagte: „Wir müssen alle zuerst den Weg von Steinen und Ästen säubern, bevor wir es mit dem Bus riskieren können." Bob holte eine Axt und ein Beil aus dem Bus und dann zogen sie los. Die Frauen und die Kinder sammelten Steine und kleine Äste ein und warfen sie neben den Weg. Larry und Bob kümmerten sich um halb umgestürzte Bäume und große Steine. Die Arbeit war recht mühsam und ging nur langsam voran, da es auch noch leicht bergauf ging. Am Nachmittag waren sie an der Stelle angekommen, von welcher aus sie einen tollen Blick auf den See hatten. Dies entschädigte sie für all ihre Arbeit und Mühe. Den Weg runter zum See mussten sie noch von einigen Hindernissen befreien, die aber nicht sonderlich problematisch waren.

Nachdem alle den See und die Berge rings um den See bestaunt hatten, sagte Bob zu Larry: „Ich glaube wir können es jetzt mit dem Bus riskieren." Larry nickte, und sie gingen den Weg zurück in die Richtung wo ihr Bus stand. Am Bus angekommen sagte Larry: „Ich glaube wir werden uns trennen, einer fährt den Bus und der andere geht zu Fuß hinter her, damit wenn etwas passiert wir nicht beide davon betroffen sind." Bob nickte: „Der Weg ist zwar nicht besonders steil, aber es ist besser wenn wir auf alle Eventualitäten vorbereitet sind."

Larry stieg in den Bus, gab Bob ein Zeichen und fuhr langsam los. Da der Weg unbefestigt war, fuhr er langsamer als Schritttempo. Bob konnte ihm bequem folgen. Als sie oben angekommen waren, hielt Larry an. Bis zum See war es nicht mehr weit. Sie beratschlagten, was sie machen wollten. Bob meinte: „Runter kommen wir ohne Probleme, aber wenn es regnen sollte werden wir nicht so ohne weiteres nach oben kommen."

Da der Wetterbericht für die nächsten Wochen nur schönes Wetter voraussagte, wollten sie es riskieren. Eine Stunde später waren sie am See. Dort angekommen wurden sie jubelnd von ihren Familien begrüßt. Sie stellten den Bus etwas abseits vom See, in der Nähe von ein paar Bäumen ab. Dann luden sie die Zelte aus. Sie hatten ein großes Hauszelt für die Kinder und zwei andere für die Erwachsenen. Nachdem sie diese eingerichtet hatten, machten sie sich auf den Weg um den See zu umrunden. Stellenweise war es recht schwierig, denn die Uferböschung fiel steil ab bis an das Wasser. Sie brachen ihre Erkundungstour ab, weil sie durch die lange Fahrt doch recht müde waren. Als bei ihrem Lager waren, sagte Bob er wolle ein Stück den Weg nach oben gehen ob er einen Punkt finden würde, von welchem er Empfang mit seinem Handy oder seinem Funkgerät hatte. Mit dem Funkgerät hatte er ein kleinwenig mehr Erfolg. Er hörte ganz leise ein Stimmengewirr, das er aber nicht näher identifizieren konnte. Deshalb ging er noch ein Stück weiter nach oben. Dort wurde der Empfang um einiges besser.

Als er mit einem Amateurfunker Kontakt hatte, fragte ihn dieser aus wo er wäre und was er von der neuesten Entwicklung zwischen den Westmächten und den Staaten des Warschauer Paktes halten würde. Bob erklärte seinem Gesprächspartner wo sie waren und das sie von den ganzen politischen Diskussionen nichts mitbekommen hatten. Der Name seines Gesprächspartners war Paul. Mit ihm vereinbarte er, dass sie jeden Tag um dieselbe Zeit miteinander sprechen wollten.

Bob ging zu Larry und nahm in zur Seite. Er erzählte ihm was sein Funkpartner Paul ihm gesagt hatte. Larry meinte: „Es ist übel, dass die sich wieder gegenseitig an die Gurgel gehen, aber bisher haben sie sich doch immer wieder geeinigt. Ich glaube nicht, dass etwas Unkontrollierbares passiert." Bob nickte: „Ich glaube das auch, aber Paul war ziemlich aufgeregt als er mir gesagt hat, dass die gesamte Weltpolitik aus dem Ruder läuft."

Lil und Pam gaben ihnen Zeichen, dass es etwas zu Essen gab. Während des Essens machten sie Pläne, was sie als Nächstes unternehmen wollten.

Die nächsten zwei Tage waren toll. Larry und Bob gingen mit den zwei Jungs zum Angeln. Die Jungs, Tim und Jack waren begeistert. Sie fingen zwar nur zwei recht kleine Fische, aber für die Jungs war es ein großes Erlebnis. Lil und Pam gingen mit den Mädchen am See entlang um im Waldgebiet auf der anderen Seite Beeren und Pilze zu sammeln. Am Nachmittag trafen sie sich alle wieder an ihrem Lagerplatz.

Als sie etwas gegessen hatten und sich ausgiebig über ihre Erlebnisse unterhalten hatten, stand Bob auf und sagte: „Ich gehe wieder auf den Berg und hole mir die neusten Nachrichten von meinem Freund Paul." Bob nahm sein Funkgerät und sein Mobiltelefon und ging los. Als er oben war versuchte er sofort Verbindung zu Paul aufzunehmen. Erst nach mehreren Versuchen hörte er ihn ganz schwach. Paul rief: „Jetzt ist die Verbindung gut, ich höre dich prima." Bob antwortete: „Gibt es etwas Neues?" „Ja und Nein, Politisch ist anscheinend alles wieder in Ordnung, aber über euren Aufenthaltsort habe ich etwas Interessantes erfahren. Dort soll vor ein paar Hunderttausend Jahren ein Riesenkomet aus dem Weltall eingeschlagen sein. Es sollen dort schon mehrmals Menschen verschwunden sein. Seitdem geht das Gerücht um, dass mit dem Kometen irgendein Wesen aus dem Weltall zur Erde gekommen ist."

„Das kann doch nicht sein! Ich glaube solche Märchen nicht." „Tatsache ist, dass schon mehrmals Menschen dort verschwunden sind." „Danke für die Info, wenn das unheimliche Wesen kommt, werde ich es fotografieren und dir ein Bild schicken." „Mach dich nur lustig über mich, wir werden es dann sehen. Morgen um die gleiche Zeit sprechen wir wieder miteinander." „Alles klar, mach es gut." Bob ging runter zum See und erzählte Larry alles was er von Paul erfahren hatte.

In den nächsten Tagen waren sie alle vollauf beschäftigt, ihren Lagerplatz gemütlich einzurichten. Auch machten sie sich mit der Umgebung vertraut, da sie außer fischen auch jagen wollten.

Larry und Bob waren eines Nachmittags gerade dabei ihre Angeln in Ordnung zu bringen, als Lil und Pam ganz aufgeregt gelaufen kamen. „Die Kinder sind weg, kommt schnell." „Die können nicht weit sein." „Wir haben sie schon überall gesucht." Larry und Bob standen auf und dann teilten sie sich in zwei Gruppen auf und begannen die Umgebung des Sees abzusuchen. Da der See von Bergen umgeben war, hatten die Kinder eigentlich keine große Möglichkeit zu verschwinden.

Nach ungefähr zwei Stunden trafen sie sich an ihrem Lagerplatz wieder. Keine Spur von den Kindern. Sie suchten verzweifelt weiter, aber als sie am frühen Abend immer noch keine Spur von den Kindern gefunden hatten, sagte Bob: „Ich rufe jetzt Paul an, der kann uns vielleicht Hilfe besorgen." Bob machte sich sofort auf den

Weg. Er ging noch weiter nach oben auf den Berg, damit er die bestmögliche Verbindung hatte.

Er bekam relativ schnell Verbindung zu Paul. Er erklärte ihm, dass die Kinder verschwunden waren und was sie alles unternommen hatten um sie wieder zu finden. Paul meinte: „Vielleicht sind sie zu weit nach oben geklettert und haben Probleme wieder nach unten zu kommen. Ich werde aber auf jeden Fall den Sheriff verständigen. Kommen wird der aber vermutlich erst morgen früh, da es schon bald Dunkel wird. Macht heute Nacht ein großes Feuer an damit euer Lager gut zu sehen ist. Wir sprechen uns morgen früh wieder." „Vielen Dank Paul."

Bob ging wieder zum Lager zurück und berichtete alles was er mit Paul besprochen hat. Sie trugen ihre gesamten Holzvorräte zusammen und zündeten ein großes Feuer an.

Am nächsten Morgen traf sich Paul mit dem Sheriff und seinen Helfern am Weg der zwischen den Bergen zum See führt. Paul sagte dem Sheriff, dass er noch keine Verbindung zu Bob bekommen hatte.

Dann gingen sie los. Nach drei Stunden waren sie am Lagerplatz am See. Von den beiden Familien keine Spur. Der Sheriff gab seinen Helfern Anweisung, dass sie zuerst im näheren Umkreis alles genau absuchen sollten. Nach kurzer Zeit kamen aus der einen Richtung laute Rufe: „Hierher, da sind seltsame Spuren." Der Sheriff und die anderen rannten sofort zu dem Kollegen. Dieser zeigte ihnen mehrere große seltsame Spuren welche direkt zum See führten. Neben den Spuren waren auch Schleifspuren zu sehen. „Da, seht nur, da hat irgendetwas Großes seine Beute mit in den See gezogen." Mein Gott, das Ungeheuer hat zugeschlagen!" Der Sheriff rief: „Quatsch, die Grizzlybären sind wieder hier. Vor einiger Zeit sind sie weitergezogen, da hier nur wenig Nahrung zu finden war. Auf der anderen Seite vom See, können wir nicht suchen, da dort die Felswände zu steil sind. Dorthin kommt man nur mit einem Boot und das haben wir nicht. Vermutlich sind die Grizzlys dort in den Höhlen zu Hause. So wie es aussieht werden wir niemand mehr lebend finden."

Paul flüsterte: „Oder es gibt doch ein Ungeheuer!"

Es gibt auch im normalen Leben Ungeheuer,
manche sind mit einem verheiratet.

Alfred Paetz

Gelobt sei, was hart macht

Emely war gerade dabei das Frühstück zu richten. Den Duft von frischem Kaffee konnte man bis ins Schlafzimmer riechen. Georg lag zwar noch im Bett, war aber schon seit mindestens zwei Stunden wach. Er und Emely waren schon fast zwanzig Jahre verheiratet. Ihre Ehe war in Ordnung, sie liebten sich immer noch wie am ersten Tag.

Die letzte Nacht jedoch, artete zu einem Fiasko aus. Sie hatten zusammen eine Flasche Sekt getrunken und wollten eine schöne Nacht miteinander verbringen. Dies ging aber leider gründlich in die Hosen. Als sie miteinander schlafen wollten, hatte Georg zum ersten Male Schwierigkeiten. Als Georg total entsetzt reagierte, lachte Emely nur und ergriff selbst die Initiative. Dank ihres Ideenreichtums, verlief die Nacht für beide doch noch zufriedenstellend.

„Du Schlafmütze, aufwachen das Frühstück ist fertig." Georg drehte sich um und sagte leise: „Das war ja eine schöne Pleite letzte Nacht." „So ein Quatsch, es ging doch alles gut aus. Komm, wir frühstücken jetzt gemütlich miteinander und dann planen wir, was wir heute alles zusammen unternehmen wollen." Georg wälzte sich aus dem Bett und schlurfte ins Badezimmer.

Emely schenkte inzwischen den Kaffee ein. Als Georg kam, sah er schon besser aus. Da er aber außergewöhnlich schweigsam war, lachte ihn Emely an und sagte: „Na, du Miesepeter machst du dir wegen letzter Nacht noch Gedanken? Es war doch wunderbar."

Georg räusperte sich und erwiderte: „So versagt habe ich aber noch nie." „Ach hör auf, du hast doch gesehen, dass es auch anders geht. Und das war doch mindestens genauso gut."

Sie redeten während des Frühstücks nur noch von der Arbeit und vermieden strikt über vergangene Nacht zu diskutieren.

In den folgenden Tagen war Georg außergewöhnlich ruhig. Emely bemerkte dies zwar, lies sich jedoch nichts anmerken. Als sie es nicht mehr aushielt, ging sie heimlich zu ihrem Hausarzt und erzählte ihm alles. Dieser meinte: „Machen sie sich keine Sorgen, wenn ich alle welche das gleiche Problem haben, aufzählen wollte, hätte ich vermutlich ein paar Wochen zu tun. Ich schreibe Ihnen eine bestimmte Sorte Tabletten auf und von diesen soll er täglich eine nehmen. Sie werden sehen, dass sein Problem bald behoben ist." Emely war erleichtert, dass ihr Arzt das als recht harmlose Sache abgetan hat. Allerdings war ihr nicht klar wie sie Georg beibringen sollte, dass sie bei ihrem Arzt war und etwas hat verschreiben lassen. Dann kam ihr der Gedanke, ihm heimlich jeden Morgen eine Tablette in seinen Kaffee zu tun.

Nach ein paar Tagen spürte Georg, dass sich wieder etwas Positives bei ihm regte. Allerdings hatte er starke Schweißausbrüche und sehr hohen Blutdruck. Emely führte das auf die Tabletten zurück. Sie dachte sich nichts dabei, die Hauptsache war, dass Georg wieder auf andere Gedanken kam.

Dann, an einem schönen Samstagabend meinte Georg, Emely solle doch eine Flasche Sekt holen. Sie freute sich wahnsinnig und eilte zum Kühlschrank um den Sekt zu holen. Georg öffnete den Sekt und schenkte jedem ein großes Glas ein.

Nach dem zweiten Glas meinte Georg: „Ich glaube, ich bin bereit für neue große Taten." Er deutete auf seine Hose und zeigte Emely dort die gewaltige Ausbuchtung. Sie amüsierten sich darüber köstlich und Emely sagte lachend: „Das müssen wir sofort ausnützen." Noch während sie ins Schlafzimmer gingen zog sie sich aus. Als es gerade richtig zur Sache ging, stöhnte Georg plötzlich laut auf und brach über ihr zusammen. Emely schob Georg zur Seite und schüttelte ihn. Er stöhnte noch einmal laut auf, langte an sein Herz und rührte sich nicht mehr.

Sie rief den Notarzt und einen Krankenwagen. Als der Notarzt kam, stellte dieser nur noch den Tod fest. „Hat ihr Mann Medikamente eingenommen? Wenn ja welche und in was für einer Dosis." Emely erzählte dem Notarzt stockend und immer wieder in Tränen ausbrechend, von den Problemen welche Georg hatte. Sie gestand unter Tränen, dass sie Georg heute Morgen zwei von seinen Tabletten in den Kaffee getan hatte. Der Notarzt verzog sein Gesicht und meinte: „Das war eindeutig zu viel. Hat er noch etwas anderes genommen?" „Nur seine Herz und Kreislauftabletten." Der Arzt fuhr zusammen und sagte recht aggressiv: „Haben sie nicht den Beipackzettel gelesen? Erstens war die Dosis viel zu hoch welche sie ihm verabreicht haben und zweitens in Verbindung mit den Herztabletten kann das schlimme Folgen haben. Kurz gesagt, sie haben ihm nichts Gutes getan, sondern seinen Tod verursacht."

Emely schlug die Hände vors Gesicht und fing laut zu schluchzen an. Als Georg abtransportiert wurde und alle das Haus verlassen hatten, hatte sie sich schnell wieder unter Kontrolle. Sie nahm ihr Handy und wählte eine Nummer. Als der Teilnehmer sich meldete sagte sie nur: „Es hat geklappt, ich melde mich wieder, wenn alle sich beruhigt haben."

Du kannst verrückt nach Frauen sein,
nur trauen darfst du ihnen nicht.

Alfred Paetz

Frauen

Man sieht sie hier man sieht sie dort
sie sind gar niedlich anzuschauen
man sieht sie fast an jedem Ort
wir sprechen hier von tollen Frauen

Die Nerven liegen manchmal blank
dann kann man niemals auf sie bauen
sie machen uns dann richtig krank
wir sprechen hier von unseren Frauen

Sie sind das Liebste auf der Welt
doch kann man ihnen richtig trauen?
sie kosten uns ganz schön viel Geld
und trotzdem sind sie tolle Frauen

Sie sind wie eine Symphonie
so bunt wie eine Horde Pfauen
was wären wir nur ohne sie
den wunderschönen tollen Frauen

Zwei auf einen Streich

Alan saß in einem Café am Strand und ließ seine Seele baumeln. Er sah den Menschen zu, welche auf der Strandpromenade an ihm vorüber gingen. Die Sonne und angenehme Temperaturen führten dazu, dass viele leichtbekleidete weibliche Wesen an ihm vorüber gingen. Er wusste schon bald nicht mehr wohin er schauen sollte. Dann kamen sie. Die beiden sahen aus als kämen sie aus einer anderen Welt. Dunkelblond, braungebrannt und wohlgeformt, sahen sie sich zum Verwechseln ähnlich. In Alan verkrampfte sich alles. Als die beiden näherkamen, sah er, dass es nur Zwillinge sein konnten. Wunderschöne Zwillinge.

Er sah, dass die eine zu der anderen etwas sagte und auf das Strandcafé in welchem Alan saß, deutete. Als sie näherkamen, raste sein Herz wie verrückt. Dann bemerkte er, dass sie direkt auf ihn zukamen und er kollabierte fast. „sie sind alleine, dürfen wir uns zu Ihnen setzen? Wir sind erst gestern Abend hier angekommen und kennen uns noch nicht so gut aus."

„Selbstverständlich, ich freue mich immer, wenn ich nette Menschen kennenlernen darf. Ich heiße übrigens Alan." „Wir sind Lucill genannt Lucy und meine Schwester ist Linda."

Sie bestellten Cappuccino und eine Flasche Wasser. Dann erzählten sie Alan, dass sie für eine internationale Hilfsorganisation in Namibia als Krankenschwestern tätig seien. Da ihre Arbeit mit den ärmsten der Armen sehr anstrengend ist, bekamen sie zweimal im Jahr einen mehrwöchigen Urlaub. Da sie keine Eltern oder andere Verwandte mehr hatten, konnten sie Urlaub machen wo sie wollten. Lucy und Linda wollten alles über Alan wissen. Sie quetschten ihn regelrecht aus. Als sie erfuhren, dass Alan geschieden war sahen beide recht zufrieden aus. Da Alan fasziniert von den beiden war, machte er den Vorschlag ob sie nicht abends zusammen Essen gehen wollten. Die beiden waren begeistert und so vereinbarten sie einen Termin, wann Alan sie von ihrem Hotel abholen konnte.

Als Alan vor dem Hotel stand um Lucy und Linda abzuholen, war er so aufgeregt wie schon lange nicht mehr. Als er die beiden aus dem Hotel kommen sah, glaubte er zu träumen, so schön sahen sie aus. Er stieg aus seinem Auto um sie zu begrüßen. Als sie ihn mit einem Küsschen auf die Wange begrüßten, stand er wieder kurz vor einem Herzinfarkt.

Das Lokal welches Alan ausgesucht hatte, war bekannt für seine hervorragende Küche. Nach dem Essen machte Lucy den Vorschlag, Alan sollte sie in ihr Hotel begleiten und dort könnten sie den Abend mit einer Flasche Sekt abschließen. Als Alan dies hörte wusste er, dass seine kühnsten Träume war wurden.

Im Hotel angekommen, gingen sie erst noch in die Bar um etwas zu trinken. Nach dem zweiten Drink, machte Linda den Vorschlag: „Jetzt gehen wir nach oben in unser Zimmer und nehmen noch einen Schlummertrunk zu uns." Sie standen auf und Lucy hängte sich bei Alan ein und sie gingen zum Aufzug. Auf der Fahrt nach oben nahmen sie Alan in die Mitte und drückten sich ganz eng an ihn. Im Zimmer angekommen, bestellte Linda beim

Service zwei Flaschen Sekt. Als sie ein Glas getrunken hatten, sagte Lucy: „Ich ziehe mir etwas bequemeres an. Alan mache es dir doch auch leichter und zieh dein Jackett aus." Linda sprang auf und rief: „Das ist eine prima Idee." Als die beiden ais dem Badezimmer kamen, hatten sie nur noch Shorts und T- Shirts an. Alan wusste nicht wohin er zuerst schauen sollte. Dann als sie noch ein paar Gläser getrunken hatten, fingen Lucy und Linda an, Alan auszuziehen. Dann verlor Alan den Überblick. Er wusste nicht mehr was alles mit ihm geschah. Er wusste nur noch, dass er so etwas in seinen kühnsten Träumen noch nicht erlebt hatte. Lucy und Linda hatten anscheinend eine gewisse Erfahrung darin, was sie zu zweit mit einem Mann alles machen konnten.

Als alle genug hatten, lag Alan ausgepumpt auf dem Rücken und versuchte wieder zu Atem zu kommen. Linda schenkte noch einmal die Gläser voll und Lucy meinte: „Wenn wir dieses getrunken haben, machen wir Schluss für heute, denn Morgen haben wir noch viel vor. Und du Alan ruhe dich richtig aus, denn Morgen wollen wir wieder gemeinsam etwas Schönes unternehmen." Sie zwinkerte Linda zu und diese lachte ganz vergnügt.

Alan zog sich an und sie vereinbarten, dass er sie wieder abends abholen sollte.

Alan stand am nächsten Tag pünktlich vor dem Hotel und wartete auf die beiden. Als die beiden nicht kamen, ging Alan zur Rezeption und fragte dort nach den beiden. „Die beiden Damen sind heute früh abgereist. Sie haben aber ein Schreiben für sie hinterlassen."

Alan war riesig enttäuscht. Er nahm das Schreiben und ging wie betäubt zu seinem Wagen. Als er saß, machte er den Umschlag auf und fing an zu lesen. Was er da zu lesen bekam war so entsetzlich, dass er es erst nicht glauben konnte. Er zitterte am gesamten Körber und dann fing er an, das Schreiben noch einmal zu lesen:

„Lieber Alan gestern haben wir einen herrlichen Tag und eine wunderschöne Nacht miteinander verbracht. Wir brachten es nicht über unser Herz dir persönlich zu sagen, dass so etwas nie wieder stattfinden wird. Bitte gehe schnellstens in ein Krankenhaus und lasse dich genauestens untersuchen. Wir haben uns nämlich bei unserer Tätigkeit im Busch mit Lepra angesteckt.

Wir wünschen dir noch alles Gute."

Viele liebe Grüße

Lucy und Linda.

Ein schönes Erlebnis entschädigt uns für alles Ungemach, das wir erleiden mussten.

Alfred Paetz

Drehbuch des Lebens

Jana und Don gingen in die Richtung in welcher der Park lag. Da sie nicht wussten ob sie beobachtet wurden, bemühten sie sich wie harmlose Spaziergänger auszusehen. Seit die sogenannte „Schwarze Macht „an der Regierung war, wurde die gesamte Bevölkerung bis in den letzten privaten Bereich kontrolliert. Rauchen und Alkohol waren seit einigen Jahren streng verboten.

Jana und Don hatten auf dem Schwarzmarkt einige Zigaretten bekommen, welche sie im Park rauchen wollten. Da der Park sehr groß war, konnte er nicht von den Behörden perfekt überwacht werden. So gingen alle, welche Zigaretten oder Alkohol hatten, in den Park um sich dort mit Gleichgesinnten zu treffen. Dort wurden die neuesten Nachrichten ausgetauscht, wo man welche verbotenen Dinge herbekam.

Die Gesetze und Verordnungen waren so streng, dass Jana und Don erst zur Gesundheitsbehörde mussten, als sie zusammenziehen wollten. Dort wurde untersucht ob ihre Gene auch wirklich zusammenpassten. Dies war zum Glück der Fall, sonst hätten sie sich trennen müssen. Als dies geklärt war, wurden sie aufgefordert an einem Familienplanungskurs teilzunehmen. Dieser Kurs war Pflicht, sonst durften sie keinen Nachwuchs bekommen.

Als sie im hinteren Teil des Parks ankamen, waren schon einige bekannten Gesichter zu sehen. Zwei von ihnen hatten Alkohol dabei, die anderen drei hatten Zigaretten dabei.

Sie verzogen sich in dichtes Gehölz, damit sie nicht so schnell gesehen wurden. Sie tranken und rauchten und tauschten die neuesten Nachrichten aus. Erfreuliches war naturgemäß nicht dabei. Jeder von ihnen hatte aber etwas Negatives über die seltsamen Behörden zu berichten. „Habt ihr euren Kurs für Familienplanung schon gemacht?" fragte eine von ihren Bekannten.

„Nein, aber da wir irgendwann Kinder haben wollen, werden wir dies baldmöglichst machen."

Nach einer emotionsgeladenen Diskussion, trafen sie Vorkehrungen um ungesehen wieder zurück in ihre Wohnung zu kommen. Ein paar Wochen später kam die Aufforderung sich bei der Planungsbehörde einzufinden. Der Kurs war sehr umfangreich und drehte sich immer um das Wohlergehen der Regierung. So wurden sie auch aufgefordert sobald wie nur möglich für Nachwuchs zu sorgen, da man für große Projekte welche in Zukunft auf dem Programm standen, viele Arbeitskräfte benötigen würde. Für jedes Kind, das sie bekommen würden, wurde ihnen eine verlockend hohe Prämie zugesichert.

Nach ein paar Monaten, war es soweit. Jana erwartete ihr erstes Kind. Sofort wurden sie zu einem Erziehungskurs vorgeladen. Ihnen wurde beigebracht, wie sie ihr Kind im Sinne der Regierung zu erziehen hätten. Im Alter von sechs Jahren würde der Nachwuchs getestet werden. Dann würde man seinen Fähigkeiten entsprechend entscheiden, was mit ihm in Zukunft geschehen soll.

Als ihr Junge zur Welt kam, waren Jana und Don überglücklich. Sie taten alles um ihn, wie sie es in den

Kursen gelernt hatten, zu erziehen. Da sie eine hohe Prämie bekamen, planten sie noch weiteren Nachwuchs ein.

Kurz danach bekamen sie ein Mädchen. Sie war ihr kleiner Sonnenschein. Da sie nur das aller Beste für ihre Kinder wollten, gaben sie sich alle Mühe ihre beiden kleinen Lieblinge so perfekt wie nur möglich zu erziehen. Schon bald bemerkten sie, dass beide über eine weit über dem Durchschnitt liegende Intelligenz verfügten. Jana und Don setzten alles daran, dies zu fördern, damit sie es in ihrem späteren Leben einfacher haben würden.

Als Bob sechs Jahre alt wurde, meldete sich die Behörde für Familienplanung und ordnete an, dass die Untersuchung um ein Jahr verschoben wird, damit sie zusammen mit der kleinen Luna stattfinden konnte.

Dann war es endlich soweit. Luna wurde sechs Jahre alt. Ein paar Tage später kam die Aufforderung mit den Kindern sich bei der Behörde zu melden. Jana und Don mussten die beiden dort lassen, mit dem Hinweis nach drei Tagen sollten sie wiederkommen und das Ergebnis in Empfang nehmen.

Die drei Tagewollten nicht vorübergehen. Als es endlich soweit war, fanden sie sich schon früh morgens bei der Planungsbehörde ein. Dann wurden sie in einen Raum geführt, in dem mehrere Personen auf sie warteten.

Der Sprecher der Kommission fing an zu sprechen: „ Sie haben ihre Kinder zu sehr intelligenten Wesen erzogen. Kinder werden in drei verschiedene Kategorien eingestuft. Diejenigen mit der geringsten Intelligenz werden zu niederen und einfachen Arbeiten eingeteilt. Die anderen mit einer durchschnittlichen Intelligenz können ein ihren Fähigkeiten entsprechendes Leben führen.

Ihre beiden Kinder sind mit einer überdurchschnittlichen Intelligenz ausgestattet." Jana und Don strahlten und sahen sich an. „Da überragend intelligente Kinder in der Zukunft eine Gefahr für die Regierung sein könnten, werden ihre beiden Kinder zur Umerziehung zwei Jahre lang an einen geheimen Ort gebracht. Sollten wir damit keinen sichtbaren Erfolg erzielen, müssen wir sie leider für immer entsorgen.

Gesunder Menschenverstand ist manchmal besser,
als überragende Intelligenz

Alfred Paetz

Verzweiflung

Was ist denn los, ich weiß es nicht
in dieser ach so schlimmen Welt
wenn überall etwas zerbricht
und alle schauen nur nach Geld

Ich wünsche mir viel mehr Gefühl
weil dadurch alles schöner wird
das Leben ist ein großes Spiel
und mancher sich darin verirrt

Ich lieb die Menschen aller Arten
die Religion ist mir egal
doch fühlen sie sich oft verraten
da ist doch vieles nur fatal

Von Angst da werden sie getrieben
aus ihrer Heimat flüchten sie
sie kommen her mit ihren Lieben
behandelt wie das letzte Vieh

Nicht immer sind sie hier willkommen
in unsrer ach so heilen Welt
schon oft hab ich es doch vernommen
die wollen doch nur unser Geld

Da gibt´s bei uns noch Patrioten
mit ziemlich wenig Grips im Hirn
sie sind nur große Idioten
mit Hakenkreuzen auf der Stirn

Das Leben ist doch nur beschissen
Verzweiflung packt mich immerzu
ich bin dann hin und her gerissen
und komme niemals mehr zur Ruh

Verzweiflung, Hoffnung und Liebe

sind immer nahe beieinander

Besondere Würze

Harry besaß eine kleine Metzgerei mit einem Imbiss. Der Imbiss hatte nur drei kleine Tische an denen man sitzen konnte. Außerdem war noch an der Wand ein Sideboard, an welchem die Gäste, welche es eilig hatten, im Stehen eine Kleinigkeit essen konnten.
Harry bot nicht nur Erzeugnisse aus seiner Schweinezucht an, sondern auch allerlei Getier das er selbst gejagt hat. Er fuhr zweimal im Monat zum Jagen in seine Jagdhütte. Da es dort viele Wildschweine gab, war dies seine hauptsächliche Beute. Manchmal hatte er auch Glück und er brachte einen Hirsch oder ein Reh nach Hause.
Heute hatte er schon ganz früh ein Schwein geschlachtet. Deshalb stand seine Frau Rosa in der Küche und hatte auch noch die Arbeit in der Metzgerei zu bewältigen. Harry stellte immer wieder einen Lehrling oder eine Hilfskraft ein. Da aber die anfallende Arbeit hart war und Harry manchmal sehr grob sein konnte, hielt es keiner lange bei ihm aus. Seit ein paar Wochen hatte er wieder einen jungen Mann als Hilfskraft eingestellt. So hatte er wieder eine Entlastung bei seiner nicht ganz einfachen Arbeit.
Am Wochenende war Harry wieder auf der Jagd. Er hatte großes Glück gehabt und ein stattliches Wildschwein geschossen. Montag früh, sein erster Kunde, tönte lautstark: „Hey Harry, du hast wieder etwas von der Jagd mitgebracht. Wann hast du wieder deine berühmte Dosenwurst?" Harry wusste sofort wer der

laute Rufer war. Er kam aus seinem Schlachtraum, der direkt hinter dem Verkaufsraum lag. „Hallo Liam, da musst du noch ein paar Tage warten. Vielleicht habe ich noch Zeit meine Spezialwurst von denen ihr alle so begeistert seid, zu machen." „Das wäre große Klasse, wenn du das hinbekämst, Harry."

Liam verabschiedete sich und Harry ging wieder an seine Arbeit. Sein Helfer Gary wartete schon auf Anweisungen was er tun sollte. Wenn Schlachttag war, hatten sie immer sehr viel Arbeit. Ein paar Tage später waren sie fertig. Ein paar Tage später fragten ein paar Kunden wo Gary geblieben wäre. „Der ist anscheinend vor der Arbeit geflüchtet, wie alle anderen auch. Die sollen sich alle zum Teufel scheren. Ich stelle auf gar keinen Fall mehr irgend so einen Typen ein." Seine Frau Rosa sagte leise vor sich hin: „Dann gibt es auch keine Wurst mehr, mit der besonderen Würze."

Traue niemand, nicht einmal Dir selbst.

Alfred Paetz

Road to Hell

Frank drehte sich auf seiner Pritsche um. Seit er hier im Knast war, hatte er noch keine Nacht ruhig geschlafen. Er war zum Tode verurteilt worden, weil er seine Frau und seine Schwiegermutter erschlagen hatte. Er hatte zwar immer seine Unschuld beteuert, aber niemand hatte ihm dies geglaubt.

Die Todeszellen waren in einer Reihe nebeneinander angeordnet. An der Vorderseite waren nur Gitterstäbe, damit das Wachpersonal bei ihrem Kontrollgang immer sofort sah, ob alles in Ordnung war.

Leise hörte er eine Stimme: „Hey, Frank schläfst du schon?" Das war Chico, der Puertorikaner, welcher in der Zelle links von ihm saß. „Nein, natürlich noch nicht." Frank ging leise bis ganz nach vorne an das Gitter. „Wer kann hier schon schlafen? In der Hölle kann es nicht sehr viel schlimmer sein. Dort weiß man wenigstens es ist alles vorbei. Hier sitzt du nur in der Zelle und wartest bis ein Wunder passiert und dich irgendjemand rausholt, oder bis sie dich holen, auf den Stuhl setzen und grillen."

Chico lachte leise: „Warum beschwerst du dich, denk an Bobby, der ist schon über zwei Jahre hier drin. Der wollte sich schon zweimal umbringen. Kannst du dir vorstellen wie es ihm geht?" „Ich weiß, aber ist dies nicht unmenschlich? Über uns sagt man, wir seien Tiere. Aber ist dies besser was sie mit uns machen?"

Plötzlich eine laute Stimme: „Wenn ihr zwei nicht sofort aufhört zu reden, kommt ihr für ein paar Tage in die Dunkelkammer." Frank und Chico begaben sich sofort auf ihre Pritschen. Die Dunkelkammer war die härteste Strafe, welche hier im Todestrakt verhängt wurde. Selbst die härtesten Brocken unter ihnen wurden Lammfromm.

In der Dunkelkammer war es wie der Name sagte, nicht nur dunkel, sondern sie war auch schalldicht isoliert. Das hielt niemand ein paar Tage aus.

Frank und Chico verhielten sich in den nächsten Tagen ruhig, da sie nicht riskieren wollten, erwischt zu werden.

Dann, eines Morgens hörte er auf dem Gang die Schritte von mehreren Personen. Er lauschte aufmerksam, da er rausfinden wollte, wem sie die letzte Nachricht überbringen wollten. Als sie immer näher kamen ohne langsamer zu werden, wusste er zu wem sie wollten. Als sie bei ihm anhielten, stand er auf und ging an das Gitter. Der Direktor, sein Stellvertreter und der Oberaufseher standen vor ihm. „Hallo Frank, morgen früh um 10.00 Uhr ist es soweit. Um 9.00 Uhr kommt der Pfarrer zu dir, um dir noch etwas Trost zu spenden. Um 8.00 Uhr kommt das letzte Frühstück. Möchtest du etwas Besonderes oder soll es das ganz normale wie jeden Tag sein." „Das normale Frühstück reicht."

In dieser Nacht schlief Frank nicht besonders gut. Er wälzte sich hin und her. Dann hörte er wieder ein leises kratzen. Diesmal kam es von der anderen Seite. Das war Louis. „Hey Frank, komm gut an auf der anderen Seite und halte mir einen Platz an deiner Seite frei, denn ich werde wahrscheinlich der nächste sein." „Louis, ich danke dir. Ich hoffe wir sehen uns nicht so schnell und du kommst noch aus dieser Scheiße raus."

Von nebenan meldete sich Chico: „Mach´s gut, wir sehen uns auf jeden Fall." „Ich danke dir, wir hören jetzt lieber auf, sonst bekommt ihr vielleicht noch Ärger." Frank legte sich wieder auf seine Pritsche, aber an Schlaf war nicht mehr zu denken.

Kurz vor acht Uhr kam sein Frühstück. Er brachte aber nur ein paar Bissen runter, so trank er nur seinen Kaffee. Die Zeit wollte nicht vergehen. Als es dann endlich neun Uhr war, kam der Gefängnisgeistliche. Sie setzten sich nebeneinander auf die Pritsche. „Wir wollen jetzt zusammen ein Gebet sprechen." „Herr Pfarrer, ich hätte ein paar grundsätzliche Fragen: Gibt es wirklich einen Himmel und gibt es eine Hölle?" „Mein Sohn bereue deine Taten und Gott wird dir auf deinem letzten Gang zur Seite stehen." „Quatsch, Herr Pfarrer, ich habe keine Angst vor dem Tod. Ich habe nur furchtbare Angst meine Frau und meine Schwiegermutter im Jenseits wieder zu treffen."

Da ich den Himmel auf Erden hatte,
kann mich die Hölle nicht erschrecken.

Alfred Paetz

Minnesänger

Franz von Drackenstein legte seine Laute zur Seite. Er überlegte wie er seiner Gattin Luise es beibringen sollte, dass er wieder für einige Zeit unterwegs sein wollte. Er hatte einige Ziele vor Augen von denen er erfahren hatte, dass die Burgherren zu einem Kreuzzug ins Heilige Land gezogen waren. Die Burgherrinnen waren dann oft einige Monate allein. Das wollte er ausnützen. Er hatte solche Ausflüge schon öfters unternommen und sein Talent mit der Laute und sein Gesang, hatten ihm schon immer zu einer näheren Beziehung bei den einsamen Damen verholfen.

Da er dem Kaiser bei mehreren Schlachten tatkräftig zur Seite stand, hat dieser ihm den Titel von Drackenstein verliehen und dazu gehörte auch die gleichnamige Burg. Er wurde aus seinen Gedanken gerissen, als eine Magd kam und im sagte, dass das Abendessen aufgetragen wäre.

Das Abendessen verlief ziemlich schweigsam, da keiner von ihnen etwas Aufregendes erlebt hat. Franz schenkte seiner Frau Luise einen Becher Wein ein, dann begann er langsam zu sprechen: „Ich glaube ich sollte mal wieder unsere Nachbarn besuchen. Vielleicht gibt es etwas Neues zu berichten, was noch nicht bis zu uns durchgedrungen ist." „Wann möchtet Ihr aufbrechen und habt Ihr an einen Begleiter gedacht." „Ich werde alleine gehen, damit ich unabhängiger bin." „Wie lange wollt Ihr unterwegs sein?" „Zwei bis drei Wochen höchstens."

Luise nickte: „Mein Gemahl, ich wünsche euch eine gute Reise und eine gesunde Heimkehr." Franz von Drackenstein legte seine Hand auf den Arm seiner Luise und sagte: „Vielen Dank, ich hoffe ich kann euch bei meiner Rückkehr viele Geschenke überreichen."

Eigentlich hatte Franz erwartet, dass Luise Einwände gegen seine Reise vorbringen würde, aber genau das Gegenteil war der Fall. Sie lächelte ihn an und erwiderte seine Zärtlichkeit indem sie seine Hand, welche auf ihrem Arm lag, streichelte.

Am nächsten Tag begann er seine Ausrüstung welche er mitnehmen wollte, zusammen zu stellen. Dann gab er einem Knecht noch die Anweisung, ein Packpferd für sein Gepäck bereit zu stellen. Dann kam der Tag seiner Abreise. Er verabschiedete sich von seiner Gattin Luise besonders zärtlich. Seine Gedanken waren aber schon ganz woanders. Sein erstes Ziel war der Drachenfels. Dies war eine Burg im Pfälzer Bergland. Vor ungefähr zwei Jahren war er schon einmal Gast bei August dem Burgherren und seiner entzückenden Gattin Veronika. Im war zu Ohren gekommen, dass August mit auf dem Kreuzzug ins Heilige Land unterwegs war. Demnach war seine Gattin alleine mit ihrem Gesinde auf der Burg. Der Gedanke an Veronika beflügelte ihn.

Nach zwei harten Tagen sah er von weitem die Burg Drachenfels. Als er auf das Tor zuritt, kamen ihm schon mehrere Knechte und Mägde entgegen. Jeder Besucher wurde immer herzlich willkommen geheißen, da Gäste sehr selten waren.

Kaum war er von seinem Pferd abgestiegen, kam auch schon Veronika die Burgherrin gelaufen. Als sie ihren

Besucher erkannte, lachte sie und streckte ihm beide Hände entgegen. Franz nahm ihre Hände und sagte zu ihr: „Ihr seid, seit meinem letzten Besuch noch schöner geworden." „Oh, ihr Schmeichler, kommt herein und seid mein Gast solange ihr wollt."

Während Franz saubere Kleider anzog, richtete Veronika mit ihren Mägden ein opulentes Mahl an. Nach dem Essen saßen sie am Kaminfeuer zusammen und Franz sang ihr zur Laute ein paar seiner neuesten Lieder vor.

Veronika schmolz dahin und konnte ihren Blick nicht mehr von seinen Lippen wenden. Später stand sie auf und nahm Franz bei der Hand und zog ihn mit in ihr Schlafgemach. Die Nacht verlief noch viel besser, als Franz sich dies hat träumen lassen.

Am nächsten Morgen als sie beim Frühstück saßen, berührte Veronika unter dem Tisch die Beine von Franz.

So ging es den ganzen Tag. Als der Abend kam, übernahm wieder Veronika die Initiative und führte Franz wieder ungestüm in ihr Schlafgemach.

Diese Nacht verlief noch turbulenter als die vorangegangene. Am Morgen als sie wieder beim Frühstück saßen, kam plötzlich ein Bediensteter gelaufen, welcher aufgeregt rief: „Herrin, ihr Gemahl ist bis spätestens heute Abend wieder zu Hause." „Das kann doch nicht sein!" „Doch draußen steht ein Bote, der die Nachricht überbracht hat." Veronika ließ den Boten zu sich führen und erfuhr, dass ihr Gatte unglücklich vom Pferd gestürzt war und sich mehrere Knochenbrüche zugezogen hatte.

Veronika wandte sich Franz zu und meinte: „Du musst gehen bevor mein Gatte August die Burg betreten wird."

„Ich glaube, das ist nicht gut, das gesamte Gesinde hat mich gesehen und das kannst du nicht verheimlichen."
„Ich werde ihm entgegenreiten und ihn gebührend empfangen und ihn nach Haus begleiten."
Als der Bote etwas gegessen hatte, ritten sie los. Nach ungefähr drei Stunden trafen sie auf August von Drachenfels und sein Gefolge. Dieser war sehr erstaunt als er Franz von Drackenstein sah. „Na, du alter Haudegen, was führt dich hier her." Ich wollte euch einen Besuch abstatten und als ich erfuhr, dass du auf dem Weg nach Hause bist, wollte ich dir einen kleinen Empfang bereiten. Was ist eigentlich passiert? Dein Arm ist in der Schlinge und auch sonst siehst du etwas mitgenommen aus." „Mein Pferd scheute am Rande einer kleinen Schlucht und ich fiel mehrere Meter hinunter." „Da hast du aber noch Glück gehabt." „ Ja, wenn mehr passiert wäre, hätte Veronika sich mit Leuten wie dir abgeben müssen." August lachte: „Wie lange warst du bei meiner Gattin?" „Nur zwei Tage und ich bin froh, dass dir nicht mehr geschehen ist. Auf einem Kreuzzug ins Heilige Land ist schon mancher nicht mehr zurückgekehrt. Ich begleite dich noch bis zu deiner Burg, dann werde ich wieder nach Hause reiten."
Als sie von weitem den Drachenfels sahen, verabschiedeten sie sich und Franz ritt in die Richtung wo der Drackenstein lag. Er war froh, dass August von Drachenfels nicht misstrauisch wurde, weil er zwei Tage bei seiner Gattin Veronika war.
Der Rückweg war etwas beschwerlicher, weil es lange geregnet hatte und der Weg matschig und sehr rutschig war. Als die Nacht hereinbrach, machte er Rast bei

einem seiner Bauern, welche auf dem Weg zu seiner Burg ihre Hütten hatten. Der Bauer und seine Familie waren entsetzt, als sie in dem späten Gast ihren Herren erkannten. Als Franz sich etwas ausgeruht hatte, hielt er es nicht mehr aus und bestieg sein Pferd und ritt weiter. Bald sah er die Umrisse des Drackenstein vor sich. Er trieb sein Pferd an da er eine gewisse Sehnsucht nach seinem Weibe verspürte. Als er an seiner Burg ankam, stand einer seiner Knechte am Tor. Dieser stotterte: „ Herr, ihr wolltet doch länger wegbleiben. Ich werde der Herrin Bescheid sagen, dass ihr wieder eingetroffen seid." „Lass nur ich will sie überraschen." Der Knecht lief rot an und sagte leise: „Die Herrin hat Besuch bekommen. Vor drei Tagen kam ein Minnesänger und hat die Herrin mit seinen Gesängen auf das vortrefflichste unterhalten." Franz runzelte die Stirn. Er wusste sofort was dies bedeutete. „Du bleibst hier, ich möchte ihnen eine Überraschung bereiten." Franz nahm sein Schwert und ging in die Richtung in welcher ihre Gemächer lagen. Als er an der Tür zum Schlafgemach angekommen war, hörte er leises Lachen. Er öffnete die Tür und rief: „Na ihr beiden, habt ihr euch schön vergnügt?" Luise stieß ein Schrei aus und ihr Liebhaber sprang auf und wollte zum Fenster hinaus. Doch Franz war schneller. Mit einem Hieb streckte er ihn nieder. Luise fing an zu weinen und zog eine Decke über ihren Körper. Franz drehte sich zu ihr um und kurze Zeit später war er Witwer.

Die schlimmste Sucht, ist die Eifersucht
Alfred Paetz

Ein Minnesänger bei der Arbeit

Minnesänger I

Auf des Berges steiler Zinne
stand der Sänger wohlgemut
er sang ein Lied zu seiner Minne
und schwenkte seinen grünen Hut

Er hoffte, dass sie ihn erhört
ins Schlafgemach zu sich dann holt
wo sie ihm dann allein gehört
und ihm dann einen runterholt

Es war so weit, er durfte hoch
in ihre Kemenate
er war nervös und ängstlich, doch
er ging zu ihr, sie hieß Renate

Renates Mann das war ein Ritter
er war schon ewig lange fort
im Heiligen Land ganz weit und bitter
sie hoffte nur er bliebe dort

Der Ritter kam dann eines Nachts
er kam auf leisen Sohlen
als er´s erfuhr da hats gekracht
er tat sie dann versohlen

Dem Sänger fuhr ein Schlag ins Genick
ein Dolch gar zwischen die Rippen
er brachte sein „ Schwert „ aus ihrer Scheide nicht
und nicht den Fluch von den Lippen

Der Ritter schlug sie beide tot
er war so voller Hass
das Bett das war vom Blut ganz rot
und beide waren leichenblass

Minnesänger II

Herr Walther von der Vogelweide
von Burg zu Burg er singend zog
er bracht den Damen viele Freude
und manche ihren Herrn betrog

Und noch ein Herr von dieser Zunft
das war Herr Hartmut von der Au
er nahm die Damen wie zur Brunft
und nahms mit keiner so genau

Die Ritter waren nicht beglückt
wenn wieder so ein Sänger kam,
die Damen wurden dann verrückt
es war bekannt was er sich nahm

Ein Dichter von besondrer Sorte
das war der Herr von Eschenbach
er war ganz lang an einem Orte
verließ nur selten sein Gemach

Die Damen waren ihm egal
er schrieb an einem großen Stück
das Werk das war der Parzival,
dass gibt´s bis heute, welch ein Glück

Der Tristan ist ein großes Werk
gar manches lief darin verkehrt
es ging um Liebe, Glück und Leid
aus einer längst vergangenen Zeit

Gottfried von Straßburg war der Dichter
er schrieb am Tristan lange Jahre
bis er wie Tristan und Isolde
dann lag auf seiner Totenbahre

Walther von der Vogelweide

Killer gesucht

Frank saß an der Bar und schüttelte den Kopf. Er hatte seine Probleme nicht mehr im Griff. Barry der Barkeeper kam langsam näher und wischte mit einem Handtuch imaginären Staub weg. „Na, du bist heute so ruhig, hast du irgendwelche Probleme?" „Ach, es ist doch alles nur noch ganz große Scheiße. Alles geht irgendwie in die Hose. Im Betrieb funktioniert nichts mehr. Alles nur noch arrogante Arschlöcher, mit denen man nicht mehr richtig zusammenarbeiten kann. Und zu Hause gehen wir uns nur noch auf die Nerven. Wir leben nur noch nebeneinander her." „Mensch, Frank du musst einfach einmal ausspannen. Mach ein paar Tage Urlaub, weit weg von dem ganzen Theater und du wirst sehen, dass es dir dann wieder viel besser geht." „Ich weiß nicht Barry, ob dies funktioniert. Ich kann gar nicht mehr abschalten. Mach mir noch einen Drink, das hilft noch am besten. Barry brachte ihm den Drink und bediente dann erst noch ein paar andere Gäste bevor er wieder zu Frank kam. Frank hob den Kopf und sagte: „Hast du eigentlich von Tino etwas gehört. Oder ist er immer noch im Knast." „Nein, Tino war letzte Woche hier und hat nur kurz erwähnt, dass er wieder groß im Geschäft wäre."
„Weißt du wie ich Tino erreichen kann?" „Nein, aber er hat früher immer die Angewohnheit Freitagabend hier her zu kommen." „Das ist mir bekannt, aber da er lange im Knast war, bin ich mir nicht sicher ob er das wieder wie früher tun wird." „Was willst du denn von ihm?"

„Ich möchte ihm ein Geschäft vorschlagen." „Pass aber auf, der letzte welcher ihm ein Geschäft vorgeschlagen hat, liegt jetzt auf dem Friedhof."

Am Freitagabend war Frank schon sehr früh bei Barry in der Kneipe. Er war etwas nervös, weil er nicht wusste, wie er Tino beibringen sollte was er von ihm wollte. Es war schon ziemlich spät und er überlegte schon, ob er gehen sollte. Da ging die Tür auf und Tino und sein Gefolge kamen herein. Lautstark wie eh und je bestellten sie ihre Drinks. Frank hatte keine Ahnung wie er an Tino herankommen sollte. Als er gerade seine Zeche bezahlte und gehen wollte, rief ihm Tino zu: „Warum so schnell, bleib hier und trink mit uns noch etwas. Du kommst doch auch schon mehrere Jahre hier her. Dich habe ich schon öfters gesehen." „Ja, ein wenig Unterhaltung könnte ich schon gebrauchen." „Was für Probleme kann denn einer wie du schon haben? Hat dich deine Alte aufs Kreuz gelegt und ist mit deinen letzten Kröten auf und davon?" „So ähnlich." Tino lachte und bestellte die nächste Runde. Nach weiteren Drinks spürte Frank wie ihm der Alkohol zu schaffen machte. Frank sagte: „Ich glaube ich habe genug. Wenn ihr nächste Woche wieder hier seid, gehen die Drinks auf mich." Tino hieb ihm auf die Schulter und lachte: „Du bist in Ordnung, aber richte dich darauf ein, dass wir dich unter den Boden trinken." „Alles klar."

Eine Woche später. Frank war schon frühzeitig bei Barry in der Bar. Als Tino kam und ihn sah, lachte er und sagte: „Mach dich auf etwas gefasst heute, wir sind alle riesig in Form." Frank hielt sich mit dem trinken zurück. Nach einiger Zeit stand Tino auf und sagte zu Frank:

„Kommst du mit raus. Ich habe das Gefühl du willst mir etwas sagen." Sie gingen nach hinten, wo die Privaträume von Barry waren. Los, raus mit der Sprache ich will jetzt wissen was los ist." Frank räusperte sich und sagte: „Ich habe ein Problem und benötige ich deine Hilfe. Du sollst für mich jemanden aus dem Verkehr ziehen." „Bist du verrückt geworden." Tino rastete fast aus: „Weißt du was du von mir verlangst? Wenn das irgendjemand gehört hat, sitzen wir morgen zusammen im Knast." „Niemals, das ist eine todsichere Sache."

„Es gibt keine todsicheren Sachen. Um wen handelt es sich?" „Du sollst mich umlegen." „Spinnst du, was soll denn das?" Bei mir wurde eine Krankheit festgestellt, an welcher ich in spätestens ein bis zwei Jahren unter sehr großen Schmerzen sterben werde. Ich habe aber keinen Mut es selbst zu tun." Tino schüttelte den Kopf: „So etwas Verrücktes habe ich noch nicht gehört. Wie stellst du dir dies eigentlich vor?" „Du bekommst dein Geld und eine schriftliche Erklärung von mir, dass ich mit meinem Tod einverstanden bin." „Ich überlege es mir und sage dir dann Bescheid. Bring bis nächste Woche deine schriftliche Erklärung mit und dann entscheide ich ob diesen Quatsch mitmachen werde. Was hast du dir eigentlich vorgestellt, was du bezahlen möchtest?" „Ich habe fünf Riesen dafür eingeplant." „Das ist glaube ich in Ordnung."

Frank konnte es kaum erwarten, bis die Woche vorbei war. Er saß schon zwei Stunden bei Barry, als endlich Tino eintraf. Sie gingen wieder in die Privaträume von Barry. „Hast du alles dabei?" „Klar, hier ist das Schreiben, welches bestätigt, dass ich dich beauftragt habe, mich umzulegen. Die Gründe habe ich alle einzeln aufgeführt." Tino nahm das Schreiben und las es aufmerksam durch. „Ich glaube es ist alles in Ordnung. Deine privaten Probleme, deine Krankheit, alles hast du sauber aufgeführt." „Hier habe ich noch dein Geld. Eine kleine Bedingung habe ich noch. Ich will den Zeitpunkt meines Todes nicht wissen und sollte ich zu dir kommen und alles Rückgängig machen wollen, gehe bitte nicht darauf ein. Du musst die Geschichte auf jeden Fall zu Ende bringen." Tino lachte: „Du kannst dich darauf verlassen, dass ich ganze Arbeit leisten werde." „Dann gehen wir jetzt noch einen trinken."

Sie erhoben sich und gingen zurück an die Bar. Als Frank am nächsten Tag irgendwann aufwachte, meinte er sein Schädel würde explodieren. Auch hatte er keine Ahnung wie er nach Hause gekommen war, da er mehr getrunken hatte als jemals zuvor. Er schleppte sich in die Küche und begann an der Kaffeemaschine sich einen Kaffee zu richten. Seine Frau war nicht zu Hause. Als er seinen Kaffee fast zu Ende getrunken hatte, flog die Tür auf und seine Frau kam hereingestürmt: „Frank, Frank stell dir vor wir haben in der Lotterie zwei Millionen gewonnen." Sie umarmte ihn, wie schon lange nicht mehr. Frank schaute sie ungläubig an: „Mach keinen Blödsinn mit mir." „Doch schau es stimmt." Frank schaute ganz entgeistert den Schein, welchen ihm seine Frau entgegenstreckte, an. Langsam wurde ihm bewusst was das bedeutete. Die meisten ihrer Probleme waren gelöst. Ihm fiel siedend heiß ein, was er mit Tino vereinbart hatte. Aber das lässt sich mit Geld aus dem Weg schaffen, ging ihm durch den Kopf. Maria, seine

Frau sprudelte über vor Glück. Sie machten gemeinsam Pläne was sie in nächster Zeit tun wollten.

Frank dachte fast nur noch daran, wie er Tino zum Rücktritt ihres Abkommens bewegen konnte. Er ging zu Barry in die Kneipe und hinterließ eine Nachricht für Tino, dass er ihn am Freitagabend wie immer treffen wollte. Die Tage verrannen im Schneckentempo. Als endlich Freitag war, saß er wieder viel zu früh in der Kneipe bei Barry. Als endlich Tino kam, stürmte er auf ihn zu: „ich habe eine riesige Neuigkeit für dich. Wir müssen uns sofort unterhalten." Wieder gingen sie in das Hinterzimmer. „Was hast du grinste Tino. Bekommst du auf einmal kalte Füße?" „Nein, aber ganz überraschend hat sich meine finanzielle Situation geändert." Tino lachte und sagte zu ihm: „Komm ich bringe dich nach Hause dann kannst du mir unterwegs alles erzählen." Sie verließen die Kneipe und Frank begann Tino alles von dem Gewinn zu erzählen. Dieser glaubte ihm natürlich kein Wort. Als sie bei Frank zu Hause angekommen waren, sagte Tino: „Weißt du Frank, ich habe noch nie mein Wort gebrochen." Frank nickte und als er ausstieg wurde ihm bewusst was dies bedeutete. Im Unterbewusstsein hörte er noch den Schuss, aber die Kugel welche ihn in den Hinterkopf traf spürte er schon nicht mehr.

Als der Leiter der Mordkommission nach ein paar Tagen eine Pressekonferenz abhielt waren alle Anwesenden erschüttert über die Tragödie die sich da abgespielt hatte. „Tino Lorenzo welcher den tödlichen Schuss abgegeben hat, wird sich wegen Tötung auf Verlangen vor Gericht verantworten müssen. Das tragische an der gesamten Geschichte ist, dass zwei Tage vor seinem Tod die Familie noch einen größeren Lotteriegewinn erhalten hatte. Auch seine Krankheit hat sich als nicht ganz so schwer herausgestellt, wie es am Anfang aussah. Seine Sorgen haben sich als völlig unbegründet herausgestellt."

Mach dir nicht so viele Gedanken,
es kommt sowieso anders als du denkst.

Alfred Paetz

Unzufriedenheit

Korruption und große Lügen
das ist doch meistens schon normal
wer ist denn heute noch zufrieden
der gilt sofort als asozial

Wer kümmert sich um alte Leute
die einsam und verlassen sind
das ist doch nicht mehr üblich heute
vergessen auch vom eignen Kind

Ein miteinander gibt´s nicht mehr
der Egoismus ist so stark
das Leben ist so schrecklich leer
der Geist der Menschen, der ist karg

Warum sind viele so allein
sie hätten auch so gerne Freude
dies muss doch überhaupt nicht sein
denkt auch mal an die alten Leute

Zusammenleben das ist wichtig
macht das doch bitte allen klar
ein wenig nett sei das ist richtig
und ganz viel Liebe immerdar

East Side

Sie trafen sich wie immer im östlichen Teil des Central Parks. Die Jets waren eine Gang Jugendlicher deren Eltern in die USA eingewandert sind. Die meisten von ihnen stammten aus Deutschland oder Polen. Von den anderen Gruppen wurden sie deshalb immer als Polakenbande bezeichnet. Sie verteidigten ihr Terrain gegen eine Gruppe Puertoricaner, genannt die Ricos.

Wenn sich die beiden Gruppen trafen gab es immer eine riesige Prügelei. Der einzige neutrale Platz an dem sich alle verpflichtet hatten, war der Tanzsaal in einem Jugendzentrum. Vor einigen Jahren hatten die beiden verfeindeten Gruppen dies vereinbart. Einmal in der Woche veranstaltete der Leiter des Jugendzentrums einen Tanzabend für alle. Das nahegelegene Polizeirevier stellte immer einen Beamten, damit alles friedlich ablief. Allen Gruppen war klar, wenn es hier Ärger gab, durften sie nicht mehr zu den Tanzabenden kommen. Der Leiter des Jugendzentrums versuchte immer, dass beide Gruppen auch einmal ihre Partner tauschten. Bisher hatte er jedoch keinen Erfolg damit.

Dann eines Tages ergab sich eine Situation, welche beinahe eine Katastrophe auslöste. An einem Abend standen sich plötzlich Toni von den Jets und Maria die Schwester von Bernardo dem Anführer der Ricos gegenüber. Bei beiden war es wie ein Blitzschlag. Sie sahen sich in die Augen und bemerkten ihre Umgebung nicht mehr. Sie gingen aufeinander zu, als plötzlich ein Schrei ertönte: „Wenn du meine Schwester berührst, bringe ich dich um, du Polackenschwein." Sofort war es totenstill. Die Jets und die Ricos bildeten sofort zwei Gruppen. Sergeant Krupke vom Revier und der Leiter des Zentrums gingen sofort dazwischen um einen größeren Konflikt zu verhindern. Bernardo und Riff von den Jets standen sich gegenüber und funkelten sich an. Bernardo zischte: „Wenn einer von euch meine Schwester auch nur berührt, seid ihr alle tot." Riff lachte und sagte: „Da für seid ihr zu wenig, euch rauchen wir am frühen Morgen in der Pfeife."

Der weitere Abend verlief relativ ruhig. Sie wussten alle, wenn sie hier Krawall machten, würden sie nie mehr zu einem Tanzabend dürfen. Die nächsten Tage verliefen ruhig. Man ging sich aus dem Weg, bis an einem schönen Vormittag ein Jet – genannt Baby-Boy an die Mauer des Baseball Feldes mit Farbe alle Ricos stinken geschrieben hatte. Als er fertig war und verschwinden wollte, kamen mehrere Ricos um die Ecke. Baby-Boy erschrak und rannte angstvoll in die entgegengesetzte Richtung. Die Ricos rannten ihm sofort hinterher. Als er bemerkte, dass er ihnen nicht entkommen konnte, rief er so laut wie er konnte: „Jets, Jets helft mir." Sofort kamen aus allen Richtungen Mitglieder von beiden Banden. Eine wüste Schlägerei begann, die aber kurz darauf von Sergeant Krupke und seinen Kollegen beendet wurde. Riff wandte sich an Bernardo und nickte ihm kurz zu. Dieser wusste sofort was gemeint war. Ein kleiner Laden in der Nähe war auch neutrales Gebiet. Dort hatten sie sich schon zweimal getroffen um über ihre Probleme miteinander zu sprechen. Bernardo sagte leise morgen um acht Uhr. Riff drehte sich um und ging mit den Jets in die Richtung in welchem ihr Viertel lag. Die Ricos taten das gleiche. Beide Gruppen machten als wäre nichts geschehen, damit die Polizei nicht auf die Idee kam ihnen größere Schwierigkeiten zu bereiten.

Am nächsten Tag trafen sich Riff und Bernardo mit ihren Vertrauten in Docs Laden. Doc hatte seinen Laden schon über dreißig Jahre und kannte alle Beteiligten von klein auf. Sie setzten sich etwas Abseits in eine Ecke und beäugten sich erst einmal misstrauisch. Sie kamen überein, dass sie noch eine große Schlacht austragen wollten. Der Gewinner konnte dann bestimmen, wohin sich die Verlierer zurückziehen müssten. Gerade als sie sich einig waren, wo der letzte Kampf stattfinden sollte, flog die Tür auf und Sergeant Krupke kam mit einem Kollegen hereingestürmt. „Habt ihr Idioten es endlich fertiggebracht, dass es Tote wegen eurer dämlichen Streitereien gegeben hat." Bernardo und Riff sahen sich an. „Was für Tote?" fragte Riff. „Wir wissen nichts von irgendwelchen Toten." sagte Bernardo. Sergeant Krupke räusperte sich und sagte leise: „deine Schwester Maria und dein Freund Toni haben Selbstmord begangen. Wegen eurer kindischen Streitigkeiten sahen sie keinen anderen Ausweg. Hier ist ihr Abschiedsbrief."

Bernardo und Riff sahen sich an und wussten, der Kampf war für immer vorbei.

Wenn man miteinander sprechen würde, dann gäbe es keinen Verlierer

Alfred Paetz

Karussell

Andy wusste, wenn er wieder den Unterricht störte, dann würde Mrs. Winter ihn wieder mit nachsitzen bestrafen. Das letzte mal als er nachsitzen musste, ist es geschehen. Als sie seinen Aufsatz, den er schreiben musste, korrigierte, hat sie sich soweit vorgebeugt, dass er nicht übersehen konnte, dass sie keinen BH trug. Da führte eines zum anderen. Sie war eine erfahrene Frau und so geschah das unvermeidliche. Andy hatte zum ersten Mal richtig Sex. Nicht das scheue Abtasten, das er mit seiner Freundin Lucy manchmal praktizierte.

Mrs. Mary Winter war verheiratet mit Leo Winter, einem recht erfolgreichen Immobilienmakler.

Als Mr. Winter kurz vor Feierabend das Büro betrat, sahen sich Kim und Vera vielsagend an. Mr. Winter wandte sich an ihre Kollegin Micha und sagte im vorbei gehen: „Haben sie noch ein paar Minuten Zeit? Ich habe noch eine Kleinigkeit welche heute noch erledigt werden muss." „Kein Problem, ich komme nachher zu ihnen ins Büro." Kim und Vera grinsten sich verstohlen an und taten, als müssten sie noch Wichtiges zu Ende bringen.

Als alle das Büro verlassen hatten, stand Micha auf und ging zu ihrem Boss ins Büro. Als sie dann die Tür geschlossen hatte, fielen sie sich sofort in die Arme und küssten sich leidenschaftlich. Sie trafen sich mehrmals im Monat und Micha liebte ihren Boss immer mehr.

Als sie nach ihrer innigen Aktion fertig waren, sagte Micha leise: „Wie war es für dich. Hast du es genossen?" „Natürlich, es war wieder phantastisch wie immer." Dann kam die Frage welche er insgeheim immer befürchtet hatte: „Hast du schon einmal überlegt wie es sein würde, wenn wir für immer zusammen wären?" „Du weißt doch, dass ich verheiratet bin und dadurch große Probleme finanzieller Art auf uns zukommen würden. Ich habe diesbezüglich schon mit meinem Steuerberater und meinen Rechtsanwälten gesprochen. Ich kann im Augenblick nicht soviel Bargeld auftreiben wie meiner Frau zustehen würde. Ansonsten hätte sie das Recht hier im Betrieb mit zu bestimmen. Aber gedulde dich noch ein wenig, vielleicht fällt mir noch eine andere Lösung ein." Micha nickte und zog sich langsam wieder an. Leo drückte sie an sich und sagte: „Sei, nicht traurig, mir schwebt schon eine Lösung vor den Augen vor."

Micha ging wie immer, wenn sie zusammen waren, ein paar Minuten vor Leo aus dem Büro. Als sie in ihrem Auto saß, rief sie ihren Freund an um sich mit ihm in einem kleinen Bistro zu treffen. Ihr Freund Martin arbeitete bei einer großen Versicherung, bei welcher er wahrscheinlich einmal Karriere machen würde. Als sie ihren Cappuccino vor sich stehen hatten, begann Micha wieder über ein Thema zureden, welches Martin schon mehrmals sichtlich unangenehm war. „Hast du dir mal Gedanken über unsere gemeinsame Zukunft gemacht?"

„Du weißt doch, ich möchte mich erst um meine berufliche Zukunft kümmern. Dann haben wir es leichter uns zusammen etwas aufzubauen. Übrigens morgen muss ich länger arbeiten, da können wir uns entweder nicht, oder erst recht spät sehen." Micha stand auf und sagte zu Martin: „Ist mir auch recht, wir haben im Augenblick sehr viel zu tun und ich bin ziemlich müde.

Ich würde sagen treffen wir uns erst Übermorgen wieder." Martin nickte: „Das ist mir auch recht." Vor dem Bistro küsste er sie noch flüchtig auf die Wange, dann war er auch schon verschwunden. Martin winkte einem Taxi und stieg ein. Er nannte dem Fahrer ein Ziel in der Innenstadt. Dort angekommen stieg er aus und sah sich vorsichtig um. Dann ging er schnell auf eine kleine Kneipe zu. Als er eintrat, winkte der Mann hinter der Theke ihm kurz zu und deutete auf das Hinterzimmer. Er ging nach hinten und sah sie wie immer, wenn sie sich trafen, in der Ecke sitzen. Er ging zu ihr, küsste sie auf die Stirn und sagte: „gehen wir nach oben oder willst du erst noch etwas trinken?" Lucy schüttelte mit dem Kopf. „Ich glaube wir sollten unsere Treffen beenden. Ich habe das Gefühl, ich muss mich mehr um Andy kümmern, er ist in letzter Zeit so unkonzentriert. In der Schule muss er immer öfters nachsitzen, dies regt ihn aber seltsamerweise nicht auf, sondern er strahlt jedes Mal so als ob er ein Geschenk bekommen hätte." Martin grinste: „Vielleicht fällt auch euere Lehrerin über ihn her, da würde ich auch gerne nachsitzen." „Mensch hör auf, Andy ist doch erst fünfzehn Jahre alt und Mrs. Winter ist doch weit mehr als doppelt so alt wie er, da wird sie an so einem Jungen kein Interesse haben." „In dem Alter hat er permanent einen Dauerständer" lachte Martin. Sie kamen überein, dass sie sich eine Weile nicht mehr sehen wollten.

Lucy ging das Gespräch mit Martin noch ein paar Tage danach durch den Kopf. Dann stand fest, was sie tun wollte. Sie wartete auf eine Gelegenheit, welche nicht lange auf sich warten ließ. Nach dem regulären

Unterricht in der Schule sprach sie Mrs. Winter an, ob sie etwas mit ihr besprechen könnte. Nach ein paar Belanglosigkeiten fragte sie Mrs. Winter direkt: „Wie lange geht das schon zwischen ihnen und Andy?" Diese bekam einen roten Kopf und druckste ein wenig herum. Dann sagte sie leise: „Nachdem ich erfuhr, dass mein Mann mit einer seiner Mitarbeiterinnen ein Verhältnis hat, habe ich einen Privatdetektiv engagiert. Dieser fand heraus, dass diese Schlampe aber schon länger mit einem Versicherungsfritzen so gut wie verlobt ist. Dieser aber trotzdem noch nebenbei eine Schülerin von dieser Schule hier flachlegt. Lucy wurde schwindelig: „Das kann nur Martin sein, flüsterte sie." „Mein Gott, du bist das? Ein Moment, ich habe hier die Unterlagen von dem Privatdetektiv." Sie holte ein paar Blätter aus ihrer Tasche und überflog sie kurz, dann stöhnte sie: „Das kann doch nicht war sein. Die Männer haben uns schamlos ausgenützt."

Am nächsten Tag hat Mrs Winter die Mitarbeiterin ihres Mannes ausfindig gemacht. Sie vereinbarten ein Treffen zu dritt. Mrs. Winter, Micha und Lucy trafen sich in einem kleinen Cafè und unterhielten sich ausführlich. Micha musste mehrmals ein Schluchzen unterdrücken.

Nachdem alle ihre letzten Hemmungen überwunden hatten, sprudelte alles aus ihnen heraus. Mary hatte das Talent die Unterhaltung in die richtige Bahn zu lenken. Als das gesamte Ausmaß der Geschichte bekannt war, waren alle ziemlich entsetzt.

Sie kamen überein, erst einmal ein paar Tage vergehen zu lassen, damit alle diese Geschichte verdauen konnte. Dann vereinbarten sie, dass sie sich am übernächsten

Tag wieder treffen wollten. Sie trafen sich in einem kleinen Lokal, welches etwas abseits am Stadtrand lag. Keine von den dreien war mehr verschüchtert, im Gegenteil, alle waren wütend. Nach einer kurzen Begrüßung fing Mary an: „Was sollen wir tun. Diesen Schweinen sollte man einen gewaltigen Denkzettel verpassen." Micha meinte: „Egal was, ich bin auf jeden Fall dabei." Auch Lucy nickte zustimmend. Es dauerte mehrere Stunden, bis sie sich gemeinsam auf einen Plan geeinigt hatten.

Der Kommissar meinte nachdenklich: „Die beiden Morde haben bestimmt etwas miteinander zu tun. Es ist exakt derselbe Tathergang. Leo Winter hat drei Messerstiche im Unterleib, genau wie Martin Walker. Wir sollten das Privatleben der beiden genauer unter die Lupe nehmen."

Wir Männer werden von den Frauen verführt
und trotzdem sind wir immer schuld

Alfred Paetz

Was ist schief gegangen?

Ed überlegte, was denn alles schiefgegangen ist. Warum lief den alles aus dem Ruder. Alles hatte angefangen als er Dani kennenlernte. Sie verstanden sich sofort sehr gut. Er war von seinem Boss in eine andere Filiale versetzt worden. Sie sahen sich und wussten sofort, da würde noch etwas auf sie zukommen. Selbst seine Frau Caroll bemerkte, dass er mit überdurchschnittlichem Eifer zur Arbeit ging. Caroll zog ihn manchmal damit auf. Dani und Ed kamen sich schnell näher. Erst waren es nur Umarmungen bei Geschäftsschluss. Dann kamen die ersten schüchternen Streicheleinheiten. Er hatte immer ein schlechtes Gewissen aber Verliebte können sich meistens nicht mehr richtig kontrollieren. Zu Hause versuchte er so normal wie nur irgend möglich zu sein.

Irgendwann bemerkte er, dass seine Frau immer öfters von einer neuen Kollegin sprach. Dabei leuchteten ihre Augen, wie es bei Verliebten fast immer zu sehen ist. Erst wollte er es nicht glauben, aber dann war es nicht mehr zu übersehen.

Dani und Ed hatten sich nicht mehr unter Kontrolle. Eines Abends nahm Dani seine Hand und zog ihn in einen leeren Konferenzraum. Sie umarmten sich stürmisch, dann konnten sie sich nicht mehr halten. Es war wie ein Tsunami welcher über sie herein brach. Die nächsten Tage waren gezeichnet von einer überragenden Hemmungslosigkeit, die er so noch nie kennengelernt hatte.

Caroll täuschte immer öfters Überstunden vor. Ed war dies recht, dann hatten er und Dani Gelegenheit sich zu treffen und mussten kein schlechtes Gewissen haben. Dann kam Caroll mit einem etwas ungewöhnlichen Wunsch. Sie wollte mit ihrer Freundin Peggy und ein paar Kolleginnen eine Wochenendtour unternehmen. Besser konnte es gar nicht laufen. Am nächsten Tag kam er strahlend in den Betrieb. Sobald er mit Dani allein war, verkündete er die gute Nachricht, dass sie ein ganzes Wochenende für sich haben würden.

Dann kam das Wochenende. Samstagabend gingen sie in ein vornehmes Restaurant. Anschließend lud Dani Ed zu sich nach Hause ein. Sie verbrachten eine Wahnsinnsnacht. Ed wachte auf und hörte Geräusche, die aus der Küche kamen. Er stand leise auf und schlich sich in Richtung Küche. Dort fand er Dani, die gerade das Frühstück vorbereitete. Sie fielen sich in die Arme und küssten sich innig. Dani sagte leise: „Dies war die schönste Nacht, die ich je erlebt habe." „Für mich auch."

Sie fingen an zu frühstücken. Dann machten sie Pläne was sie alles unternehmen wollten. Ed seufzte: „Ich muss heute Abend gegen zwanzig Uhr zu Hause sein, damit Caroll nichts bemerkt."

Sie verbrachten noch einen herrlichen Sonntag miteinander. Ed und Caroll trafen fast gemeinsam zu Hause ein. Caroll strahlte über das ganze Gesicht. Sie fiel Ed um den Hals, als hätten sie sich schon ewig nicht mehr gesehen. Als sie es sich bequem gemacht hatten, fragte Ed: „erzähl mal wie war dein Wochenende?" „Herrlich, das schönste Wochenende das ich je erlebt habe. Wie war es bei dir?" „Ähnlich schön wie bei dir, aber erzähl doch mal, was du erlebt hast." Beide schwärmten von dem herrlichen Wochenende, doch keiner konnte aus verständlichen Gründen etwas Genaueres erzählen.

Die nächsten Tage im Betrieb waren etwas angespannt, da keiner von den Kollegen etwas erfahren sollte. Dann kam eines Tages die Nachricht vom Geschäftsführer, er solle sich am nächsten Tag im Hauptbetrieb zu einer Besprechung einfinden.

Am nächsten Tag erfuhr er bei dieser Besprechung, dass er auf Grund hervorragender Leistung die Leitung einer größeren Filiale übernehmen sollte. Ed war erstaunt, dass hatte er nicht erwartet. Mit dieser Beförderung würde auch sein Gehalt um mindestens dreißig Prozent steigen.

Als er zu Hause Caroll von seiner Beförderung erzählte freute die sich sehr. Sie nahm ihn in ihre Arme und sagte: „Dann hat sich dein Einsatz für deine Firma richtig gelohnt. Nimmst du dir dort ein Zimmer und kommst am Wochenende nach Hause oder hast du eine andere Idee?" „Keine Ahnung, daran habe ich noch nicht gedacht. Aber das ist im Augenblick egal, da wird uns bestimmt noch etwas einfallen."

Als er am nächsten Tag im Betrieb Dani davon erzählte, freute die sich erst, dann aber runzelte sie die Stirn und meinte: „Dann wirst du bestimmt von hier wegziehen. Was wird dann aus uns?" „Warte doch erst einmal ab, ich muss nächste Woche die ganze Woche in meinen neuen Betrieb, bis dahin finden wir eine Lösung." Dani war mit dieser Aussage nicht zufrieden aber im Augenblick wusste sie auch keine Lösung. Dann war Ed die ganze Woche in seiner neuen Filiale. Als er wieder nach Hause kam, empfing ihn Caroll erfreut aber doch etwas reserviert. Sie schenkte zuerst einen Drink ein, dann fing sie an: „Deine Kollegin Dani war hier und wir hatten ein interessantes Gespräch." Ed lief es eiskalt den Rücken runter. „Sie hat mir alles von euch erzählt und sie hat mich gefragt ob wir uns nicht scheiden lassen wollten. Wir haben uns lange unterhalten und dabei stellten wir fest, dass wir uns eigentlich sehr mögen. Kurz gesagt, wir lieben uns und wollen sobald du an deinem neuen Arbeitsplatz bist, zusammenziehen. Ich hoffe du hast Verständnis für diese Situation. Dani kommt nachher noch vorbei und dann wollten wir dir alles noch einmal gemeinsam sagen." Ed war nicht fähig etwas zu sagen, so nickte er nur. Kurze Zeit später kam Dani. Als es klingelte sprang Caroll auf und öffnete die Tür. Caroll und Dani umarmten sich und küssten sich heiß und innig.

Als die von Nachbarn alarmierte Polizei eintraf, fanden sie Ed inmitten von zwei zerstückelten Frauenleichen auf dem Boden sitzend und laut lachen.

Das Urteil lautete: „Der Angeklagte soll solange in der Psychiatrie verbleiben bis er vollständig gesund ist. Dann soll er seiner Hinrichtung zugeführt werden."

*Je höher der Grad der Verliebtheit, desto
niedriger der augenblickliche Intelligenzquotient*

Alfred Paetz

Absturz

Eine wahre Geschichte

Die 40 Passagiere waren Mitglieder, Betreuer und Angehörige der Rugby – Union - Mannschaft „Old Christian´s Club„die mit zwei Meisterschaftssiegen (1968 und 1970) zu den erfolgreichsten Uruguays zählte. Im chilenischen Santiago sollte das Team ein Freundschaftsspiel absolvieren.

Die Reise begann am 12. Oktober 1972 in Montevideo. Aufgrund schlechter Wetterverhältnisse war in Mendoza (Argentinien) ein Zwischenstopp mit Übernachtung notwendig.

Am nächsten Tag ging der Flug weiter nach Santiago de Chile. Die auf der direkten Line liegenden Berggipfel mussten wegen der unzureichenden maximalen Flughöhe der Maschine im Süden umflogen werden. So flog die Maschine zunächst auf der argentinischen Seite Richtung Süden und drehte dann zum Überflug der Anden über den Planton- Pass (2507 m) nach Westen. Nach Überquerung der Anden sollte dann auf Höhe der chilenischen Stadt Curico nach Norden in Richtung Santiago gewendet werden. Zu Beginn des Überfluges der Anden hatte die Maschine Rückenwind, welcher sich jedoch drehte und in Gegenwind umschlug. So wähnten sich die Piloten nach viel zu kurzer Zeit bereits auf der chilenischen Seite der Anden und glaubten, Curicò bereits überflogen zu haben, was sie auch an die Flugkontrolle Santiago meldeten. Diese wiederum wies die Besatzung daraufhin an, nach Norden zu drehen und in den Sinkflug überzugehen. Durch diesen bis heute nicht nachvollziehbaren Navigationsfehler kam es schließlich zu dem Unglück. Die Fairchild tauchte in die Wolkendecke ein, drehte viel zu früh nach Norden und flog dadurch mitten in die Hochanden hinein.

Beim Flug zwischen den bis zu 6000 m hohen Gipfeln der Anden kämpfte die Besatzung der Maschine mit Orkanböen und eisigen Schneeschauern. Als die Maschine die Wolkendecke nach unten durchstieß, bemerkten die Piloten schließlich ihren Fehler und versuchten verzweifelt, die Maschine hochzuziehen. Das Flugzeug geriet jedoch weiter in heftige Turbulenzen und Fallwinde. Die rechte Tragfläche streifte einen Gebirgsgrat und brach ab. Sie wurde nach hinten geschleudert und trennte das Heck mit dem Leitwerk ab.

Fünf Passagiere und ein Besatzungsmitglied wurden aus der Maschine gerissen. Sekunden später streifte das Flugzeug einen weitern Grat und verlor auch die linke Tragfläche.

Das Flugzeug nunmehr nur noch aus dem vorderen Teil des Rumpfes bestehend, schlug mit einer Geschwindigkeit von ungefähr 350 km/h auf einer Schneebank auf, rutschte bergab und kam schließlich auf einer Höhe von etwa 3800 m zum Stillstand. Dabei wurden sämtliche Sitze aus der Verankerung gerissen und nach vorne geschleudert, wodurch mehrere Passagiere getötet, eingeklemmt und schwer verletzt wurden. Ebenso wurde dabei die Flugzeugnase stark eingedrückt, wodurch der Kapitän starb und der Copilot eingeklemmt und schwer verletzt wurde. Er starb noch in der darauffolgenden Nacht. Der Rumpftorso diente den Überlebenden schließlich mehr als zwei Monate lang als schützende Unterkunft.

Von den 45 Menschen an Bord starben zwölf während oder unmittelbar nach dem Absturz. Fünf weitere starben in der ersten Nacht, welche sie mit arktischen Bedingungen konfrontierte. Die Temperaturen sanken in den Nächten auf Werte zwischen -30°C und – 40°C.

Am achten Tag hörten die Überlebenden in einem kleinen Radio, dass die Suche eingestellt worden war und sie offiziell für tot erklärt wurden. Ohne die Aussicht auf Rettung, ohne die Möglichkeit die Verletzten zu versorgen, ohne Kleidung gegen die große Kälte und ohne Nahrungsmittel wurde die Situation immer kritischer.

An Nahrung hatten sie lediglich ein paar Tafeln Schokolade, ein paar Kekse und ein paar Flaschen Wein. Da die Umgebung weder über eine Tierwelt noch über eine Vegetation verfügte, sahen sich die Überlebenden gezwungen, das durch Schnee und Eis konservierte Fleisch der Todesopfer zu essen.

In der Nacht zum 31.Oktober wurden die Überlebenden im Schlaf von einer Lawine überrascht, wobei die Schneemassen durch den nach hinten offenen Flugzeugrumpf eindrangen und weitere acht Personen töteten. Darunter war auch der Kapitän der Rugby Mannschaft, Marcelo Perez, sowie das letzte der fünf Besatzungsmitglieder, der Bordmechaniker.

Eine zweite Lawine in jener Nacht begrub die Maschine dann komplett unter sich. Zwei Tage lang mussten die

Überlebenden unterhalb der Oberfläche leben, da über ihnen ein heftiger Schneesturm tobte. Da die Toten, die es am Anfang zu beklagen gab, von der Lawine verschüttet worden waren, mussten sich die Überlebenden der Lawine nach einem Tag des Hungers von den Opfern des Schneeabgangs ernähren.

Mitte November erlagen zwei weitere Überlebende ihren Verletzungen. Das letzte Todesopfer war am 11.Dezember zu beklagen. Er starb aufgrund einer Infektion seiner Wunden.

Da sie nach wenigen Tagen keinerlei Nahrung mehr hatten, kam das Thema Kannibalismus langsam und vorsichtig zur Sprache. Da sie im Radio gehört hatten, dass die Suche nach ihnen eingestellt worden war, gab es nur zwei Alternativen. Entweder sie verhungerten, oder sie würden Menschenfleisch essen. Einige weigerten sich zunächst aus moralischen Gründen. Die verzweifelte und hoffnungslose Lage drängte aber nach wenigen Tagen alle dazu, auf menschliches Fleisch als Nahrung zurückzugreifen. Ungefähr sechs Leichen blieben vorerst unangetastet aus Respekt vor den noch lebenden Angehörigen.

Mehrere Überlebende wagten Expeditionen in verschiedene Richtungen, welche aber immer wieder scheiterten. Zu den Personen mit der besten körperlichen Verfassung gehörten Fernando Parrado, Roberto Canessa und Antonio Vinzintin.

Einen Hoffnungsschimmer gab es, als sie drei Kilometer entfernt das abgerissene Heck der Maschine fanden. Sie hofften das Funkgerät aus dem Cockpit mit den

Batterien aus dem Heck betreiben zu können. Dieser Versuch scheiterte jedoch, da das Funkgerät Wechselspannung für den Betrieb benötigte.

Hätten Parrado, Canessa und Vizintin bei einer vorigen Expedition die Richtung beibehalten und wären weiter nach Osten gegangen, dann wären sie nach ca. 30 km zum Hotel Termas Sosneado gelangt. Dieses stand zwar zu dieser Zeit leer, dort hätten sie aber Proviant, Erste-Hilfe Kästen und Kleidung gefunden.

Die Ursache war die gleiche, welche die Piloten das Flugzeug in den Berg fliegen ließ: Sie glaubten sie wären auf chilenischem Gebiet, waren aber noch weit auf argentinischem Gebiet.

Am 12. Dezember, 62 Tage nach dem Absturz, begaben sich Parrado, Canessa und Vinzintin auf eine neue Expedition zum Erreichen der Zivilisation. Zwei Tage lang konnten die restlichen Überlebenden vom Flugzeug aus, die Expedition mitverfolgen. Am dritten Tag gelang es Parrado und Canessa völlig erschöpft den 4650 m hohen Gipfel zu erreichen. Doch anstatt wie erhofft, die grünen Täler von Chile zu sehen, erstreckte sich ein weites Panorama mit schneebedeckten Bergen. In weiter Ferne entdeckten sie zwei Gipfel, welche nicht von Schnee bedeckt waren. So entschlossen sich Parrado und Canessa die Route in diese Richtung fortzusetzen. Sie schickten Vinzintin zum Flugzeugwrack zurück, um dadurch größere Nahrungsvorräte zu haben.

Nach ungefähr zehn Tagen gelang es Parrado und Canessa bis unter die Schneegrenze zu marschieren und Kontakt zur Zivilisation herzustellen. Sie wurden von dem chilenischen Hirten Sergio Catalàn gefunden, der sie von einem anderen Hirten zu einer Schutzhütte bringen ließ. Er selbst ritt bis zur nächsten Straße und fuhr mit einem Lkw den er anhielt, bis Puente Negro wo er die Polizei verständigte. Diese leiteten alles Weitere in die Wege um die Überlebenden aus den Bergen zu retten. Am 22. Dezember starteten zwei Hubschrauber der chilenischen Streitkräfte zur Absturzstelle, wobei Parrado mitfliegen musste, da die Piloten das Wrack sonst nicht gefunden hätten. Am nächsten Tag waren alle Überlebenden in Santiago in einem Krankenhaus, wo sie medizinisch betreut wurden.

Die Überlebenden leben noch heute in enger Nachbarschaft in dem Stadtviertel Carrasco der Hauptstadt Montevideo.

Als erster der Überlebenden verstarb am 4. Juni 2015 Javier Methol im Alter von 79 Jahren.

Dieses furchtbare Unglück und sein Ausgang beweisen, dass es doch noch Wunder gibt.

Alfred Paetz

Dies sind die Überlebenden des furchtbaren

Unglücks in den Anden nach 72 Tagen.

Vietnam – Krieg
oder wie daraus das Musical Hair entstand

Der Vietnamkrieg war einer der längsten Kriege in diesem Jahrhundert. Er ging von 1955 – 1975 und dabei kamen ca. drei bis fünf Millionen Menschen ums Leben. Die exakte Zahl der Todesopfer konnte niemals genau festgestellt werden. Die Politiker und die Militärs hatten dies immer versucht zu verheimlichen. Als dann immer öfter Gräueltaten von Soldaten an der Zivilbevölkerung bekannt wurden, entstand eine immer größer werdende Gegenbewegung. Dies war zuerst eine Gruppe von jungen Leuten, welche sich nicht an Bürgerliche Konventionen hielten. Sie wurden damals Hippies genannt.

Claude Bukowski aus dem ländlichen Oklahoma kam auf dem Weg zur Musterung und Einberufung zum Militär in New York am Central Park vorbei. Dort faszinierte ihn ein Gruppe Hippies welche buntgekleidet sangen und tanzten. So etwas hatte er noch nicht gesehen. Einer der Hippies winkte ihm und deutete an er solle mitmachen. Claude war begeistert als er erfuhr, dass die Gruppe friedlich gegen den Vietnamkrieg protestieren wollte.

Als sie so miteinander sprachen, öffnete sich an einer großbürgerlichen Villa, welche in ihrer Nähe stand das Tor und drei Reiterinnen kamen heraus. Claude hatte für einen kurzen Moment Blickverbindung mit der letzten der Reiterinnen. Sie lächelte ihm zu und er kam sich vor als wäre er hypnotisiert worden. Es war die berühmte Liebe auf den ersten Blick. „Dich hat es erwischt" lachte

George von den Hippies. Claude nickte und bekam einen hochroten Kopf. „Komm ich stelle dich den anderen vor" sagte George. Claude war erstaunt wie freundschaftlich er von allen aufgenommen wurde. Als dann die Umarmungen mit den Mädchen zu Ende war, sagte George: „Da kommt deine große Liebe wieder." Claude lief wieder rot an und Woof lachte: „Ist unser Frischling verknallt?" „Ja, der ist nach Sheila verrückt."

„Ihr kennt sie? Woher denn?" fragte Claude erstaunt.

„Sie hat sich öfters von ihrer Familie weggeschlichen und die eine oder andere Nacht bei uns verbracht." Als die drei Reiterinnen näherkamen, machte Sheila langsam und rief ihnen zu, dass bei ihnen morgen Abend eine große Abendgesellschaft wäre und sie auch kommen sollten. „Sheila will bestimmt den Absprung von zu Hause machen" meinte George. Woof grinste:„ Zu uns würde sie prima passen."

Am nächsten Abend sahen sie wie viele vornehme Leute vor dem Haus vorfuhren, in welchem Sheila wohnte. Sie hatten alle ein wenig Hemmungen, weil sie mit ihren bunten Outfits nicht zu dieser Gesellschaft passten. Da fasste sich Georg ein Herz und sagte: „Auf wir gehen rein, wir sind schließlich von Sheila eingeladen worden." George, Woof, Dionne und Claude machten sich auf den Weg. Die anderen blieben zurück.

Vor dem Haus standen zwei Butler, welche ihnen den Eintritt verwehren wollten. George machte ihnen klar, dass sie von Sheila, der Tochter des Hauses persönlich eingeladen wurden. Sheila wurde benachrichtigt und als sie kam, führte sie die vier mitten unter die Gäste ihrer Eltern. Die meisten Gäste waren begeistert und dachten dies wäre ein besonderer Gag. Doch Sheilas Eltern waren sehr sauer und machten ihr große Vorhaltungen.

Da verkündete Sheila laut sie würde ab sofort nur noch bei ihren Freunden leben. Sie packte noch ein paar Kleidungsstücke ein und ging mit ihren Freunden hinaus.

Sie verbringen ein paar schöne Tage, bis Claude seinen Dienst beim Militär antritt um dort mit zu helfen den Krieg zu beenden. Sheila kehrt daraufhin zu ihren Eltern zurück.

Claude ist inzwischen in einem Ausbildungslager in der Wüste Nevadas. Da er noch einmal Sheila und seine Freunde sehen möchte, schreibt er an Sheila einen Brief. Diese nimmt wieder mit George und seinen Freunden Kontakt auf. Gemeinsam beschließen sie, nach Nevada zu fahren und Claude zu besuchen.

Als sie dort ankommen, wird ihnen der Zutritt verwehrt. George kann einen Unteroffizier überreden ihm seine Uniform zu überlassen. So gelangte er in das Lager und kann mit Claude den Platz tauschen, damit dieser für ein paar Stunden zu seinen Freunden kann.

Kaum hat Claude das Lager verlassen, kommt der Befehl zum Abmarsch. George versucht verzweifelt die Situation aufzuklären, hat jedoch bei dem cholerischen General keine Chancen. Da Claude nicht anwesend war, musste jetzt George an seiner Stelle mit nach Vietnam.

Letzte Szene: Ein riesiger Soldatenfriedhof, das Grab von George Berger und davor seine Freunde. Sie singen sein Lieblingslied: „let the sunshine in „

Millionen von Toten sprechen für sich -

wann hört dieser Wahnsinn endlich auf ?

Weiße Rose
Eine wahre Geschichte

Durch einen Zufall stieß ich wieder auf eine furchtbare Geschichte welche mich in der Vergangenheit schon sehr beschäftigt hat. Während des zweiten Weltkrieges bildete sich eine vorwiegend aus Studenten bestehende Widerstandsgruppe gegen Hitler und seine Schergen.

Diese Gruppe nannte sich weiße Rose. Der innere Kreis der Gruppe bildeten die Geschwister Hans und Sophie Scholl, sowie Alexander Schmorell, Christoph Probst, Willi Graf und der Universitätsprofessor Kurt Huber.

Die Gruppe verfasste und druckte Flugblätter welche sie nachts überall verteilten. Nach der verlorengegangenen Schlacht um Stalingrad, bei welcher es mehrere hunderttausend Tote auf beiden Seiten gab, wurden die Aktivitäten der Gruppe immer intensiver. Immer mehr neue Mitglieder halfen mit, Flugblätter zu verteilen und Parolen gegen das verbrecherische Regime von Hitler an Hauswände zu malen.

Von Juli bis Oktober 1942 mussten Graf, Scholl und Schmorell als Sanitäter an die Ostfront. Nach ihrer Rückkehr nahmen sie sofort wieder ihre Aktivitäten bei der weißen Rose auf. Nach ihrer Fronterfahrung im Osten, waren sie mehr denn je überzeugt, dass Hitler den Krieg nicht gewinnen, sondern nur verlängern konnte. So verstärkten sie ihre Aktivitäten und brachten ihre Flugblätter mit Kurierfahrten in viele deutsche und österreichische Städte. Ende Januar 1943 ging die Schlacht von Stalingrad durch Kapitulation der 6. Armee unter Generalfeldmarschall Paulus gegenüber der roten Armee für das deutsche Reich verloren. Ungefähr Neunzigtausend Wehrmachtsangehörige kamen in Kriegsgefangenschaft. Auf deutscher Seite waren mindestens Einhundertfünfzigtausend tote Soldaten zu beklagen. Auf Seiten der Sowjetunion waren es mehr als doppelt so viele.

Als im Januar 1943 der Münchner Gauleiter Paul Gieseler die anlässlich der 470 Jahrfeier der Universität anwesenden Studenten und Studentinnen als Nutten und Drückeberger bezeichnete, kam es zur ersten großen Protestaktion. Die Ereignisse beflügelten die Mitglieder der weißen Rose zu verstärkten Aktionen.

Das Ende Stalingrads gab den Anstoß zu ihrem sechsten Flugblatt. Der von patriotischer Leidenschaft durchzogene Apell stammte von Kurt Huber. Hans Scholl und Alexander Schmorell redigierten den Text. Durch Helmuth von Moltke dem Begründer des „Kreisauer Kreises„ gelangte dieses Flugblatt über Skandinavien bis nach England. Hunderttausende davon wurden von britischen Flugzeugen über Deutschland abgeworfen. Hans Scholl, Alexander Schmorell und Willi Graf schrieben nachts mit schwarzer Farbe Parolen gegen Hitler und seine Spießgesellen. Die Gestapo setzte daraufhin in München eine Sonderkommission ein.

In der Nacht vom 15. auf den 16. Februar 1943 verteilte die Gruppe ungefähr eintausend Flugblätter in München. Am 18. Februar kamen Hans und Sophie Scholl vormittags durch den Haupteingang in die Universität.

Sie hatten einen Koffer und eine Aktentasche voll mit Flugblättern dabei. Diese legten sie vor den Hörsälen und auf den Gängen aus. Als sie schon am rückwärtigen Ausgang waren, überlegten sie es sich noch einmal und gingen in den zweiten Stock des Gebäudes. Dort warf Sophie Scholl den Rest der Flugblätter in den Lichthof der Universität. Dabei wurden sie von dem Hörsaaldiener Jakob Schmid entdeckt und von diesem und anderen festgehalten und der Gestapo übergeben.

Hans Scholl hatte einen Flugblattentwurf von Christoph Probst dabei, so dass auch dieser festgenommen und angeklagt wurde.

Die Geschwister Scholl und Christoph Probst wurden vor dem Volksgerichtshof unter Vorsitz des „ Blutrichters „ Roland Freisler zum Tod durch das Fallbeil verurteilt.

Das Urteil wurde am 22. Februar vollstreckt.

Am 19. April 1943 wurden Kurt Huber, Alexander Schmorell und Willi Graf ebenfalls zum Tode durch das Fallbeil verurteilt.

Die anderen Angeklagten – Susanne und Hans Hirzel, Franz J. Müller, Heinrich Guter, Eugen Grimminger, Heinrich Bollinger, Helmut Bauer, Falk Harnack, Gisela Schertling, Katharina Schüddekopf und Traute Lafrenz wurden mit Gefängnis bis zu zehn Jahren verurteilt.

Wobei Traute Lafrenz als letzte noch heute (2018) in den USA lebt.

In weiteren Prozessen wurden noch andere Helfer und Mitwisser mit Gefängnisstrafen bis zu zehn Jahren verurteilt.

Dies ist so furchtbar, deshalb kann ich dazu keinen Kommentar abgeben.

Fallbeil mit welchem die Geschwister Scholl und die anderen Mitglieder der weißen Rose hingerichtet wurden.

Hans und Sophie Scholl

Wo wären wir, ohne die Kämpfer für Gerechtigkeit, welche tatkräftig mithalfen uns wachzurütteln und unsere Welt ein wenig besser zu machen.

Egal ob das im Jahre 9 n.Chr. Herrmann der Cherusker war, welcher uns vor der Unterdrückung der Römer bewahrte.

Oder ca. 1425 als die Bauern aus großer Not gegen den Hochadel den sogenannten Bauernkrieg anfingen.
Viele der Anführer wurden hingerichtet :
Jäcklein Rohrbach (bei lebendigem Leibe verbrannt)
Thomas Müntzer (enthauptet)
Florian Geyer (enthauptet)   und noch viele andere.

Auch die Anführer der französischen Revolution –
Robespierre , Danton und Marat wurden 1794
öffentlich hingerichtet

Wenn man alle aufzählen wollte, könnte man ein ganzes Buch damit füllen.

Das schrecklichste im 20.Jrh. geschah bei uns in Deutschland, als die Geschwister Scholl und viele Mitglieder der weißen Rose hingerichtet wurden.

Ihr Tod soll nicht umsonst gewesen sein, deshalb sollten wir alle mithelfen Ungerechtigkeiten zu bekämpfen.

Ich

Eine Freundin sagte einmal zu mir: „Dich soll der Teufel holen." Das hat er nicht getan, weil selbst der, mich nicht wollte. Die andere Seite hat vermutlich überhaupt kein Interesse an mir.

So wie ich immer wieder hörte, geht die Meinung über mich weit auseinander. Es gibt welche, die sagten zu mir ich sei ein ganz lieber Kerl. Ich nehme ja nicht an, dass diese Personen leicht geistig umnachtet sind. Dann gibt es welche, die meine Geschichten gelesen hatten, die sagten mir ganz deutlich ich sei nicht nur grausam, sondern auch pervers und abartig veranlagt.

Vor einiger Zeit, saßen meine Frau und ich in einer Kneipe, welche an einem Waldrand schön und idyllisch lag. Als wir da so im Freien saßen und etwas Undefinierbares aßen, kam mir so nebenbei eine Idee für eine neue Geschichte. In dieser Geschichte würde ein Ungeheuer aus dem Wald kommen und die Familie mit den drei kreischenden Kindern, welche an einem Tisch neben uns saßen, entführen und sie nie wieder freilassen. Als ich dies meiner Frau sagte, meinte sie nur lachend und mit dem Kopf schüttelnd: „Du hast doch einen Knall." Kurz danach kreischte plötzlich eines der Kinder: „Ein Reh, ein Reh." Sie rannten alle zu einem kleinen Gehege. Als ich dies hörte, sah ich vor meinen Augen, glühende Holzkohle, ein Spieß und auf diesem ein zartes Reh, welches sich langsam um sich selbst dreht. Meine Frau schüttelte den Kopf, als ich ihr meine

Gedanken mitteilte. Sie meinte, ich hätte einen kleinen Dachschaden. Ich finde, dass war eine kleine Unverschämtheit, da ich immer davon ausging ich hätte einen großen Dachschaden.

Ich schreibe Horrorgeschichten, zumindest versuche ich es. Die einen sagen das wäre ganz nett was ich da von mir gäbe. Die anderen meinen ich hätte eine etwas abnorme Phantasie. Wieder andere sagen ich hätte abartige Gedanken, grausam und mordlüstern.

Denen allen kann ich nur empfehlen, Roald Dahl oder Stephen King zu lesen. Gegen die bin ich ein Waisenknabe. Das Thema Angst und Tod haben schon berühmte Schriftsteller wie Dostojewski in „Schuld und Sühne "oder Edward Albee in „Wer hat Angst vor Virginia Woolf "gebracht. Zu denen hat komischerweise niemals auch nur irgendjemand gesagt sie wären abartig veranlagt. Auch die Werke von Steinbeck, Camus und Faulkner handeln von Angst, Tod und Horror. Wenn sie etwas Negatives darüber sagen würden, wären sie so gut wie zum Tode verurteilt.

Nur bei mir sagen viele ich hätte etwas an der Waffel. Die können mich mal.

Ich bin kein großer Künstler, aber haben sie sich einmal Bram Stokers „Meisterwerk Dracula" angesehen? Wenn dies heute jemand schreiben würde, man würde nur über ihn lachen. Dann werde ich auch immer wieder gefragt: „Warum schreibst du solche furchtbaren Dinge?" Dann antworte ich meistens: „Warum liest du solche furchtbaren Dinge."

Ich meine, dies sind Geschichten für Leute die einen Spaß daran haben, langsam an einem Autounfall vorbeizufahren und ihn sich genau anzusehen. Dass ist pervers und abartig.

Das wahre Leben bringt uns doch grausamere Dinge als meine Geschichten. Zum Beispiel einen Schlaganfall, Krebs oder einen Autounfall bei welchem jemand, der einem nahestand, ums Leben kommt. Im wahren Leben kommt der Tod mit absoluter Sicherheit, meine Geschichten können sie lesen oder wegwerfen.

Richtig abartig war zum Beispiel, als ich mir sicher war, dass ich die Krankheit Tourette habe. Diese ist unheilbar. Ich hoffe nur, dass alles in einem erträglichen Rahmen bleibt. Wenn ich bemerken sollte, dass es für mich und meine Umwelt unerträglich wird, werde ich eventuell dieser Geschichte ein Ende machen.

Im Augenblick jedoch habe ich andere Sorgen. Gestern haben zwei Frauen unabhängig voneinander gesagt, ich würde unheimlich jung aussehen. Keine von denen hatte einen Blindenhund dabei. Eine andere, welche ich fast täglich bei meiner Tätigkeit sehe, winkt mir immer in einer Form zu, dass ich fast schon Angst bekomme.

Nimmt das denn kein Ende? Wissen die denn nicht, dass ich bald achtzig Jahre alt bin? Manchmal kommt es mir vor als wäre ich der letzte Mann auf der Erde.

Das wäre Stoff für eine Horrorgeschichte. Ein leicht seniler Rentner und tausende Frauen allein auf diesem Planeten. Der Gedanke daran versetzt mich in Panik, ein Grauen befällt mich wie ich es noch nie gekannt habe.

Auf der anderen Seite kommen mir natürlich wie immer, eine Menge schmutziger Gedanken. Aber lassen wir das, denn das führt eh zu nichts. Und außerdem möchte ich meiner Familie nicht wehtun. Meine Frau und ich sind schon fast fünfzig Jahre verheiratet und sie hatte immer eine Engelsgeduld mit mir, wenn ich wieder etwas Doofes getan hatte. Damit ist jetzt endgültig Schluss, außer es passiert etwas ganz Außergewöhnliches.

Da in meinem Alter nichts mehr Außergewöhnliches passiert, habe ich schon mit dem Gedanken gespielt, damit ich niemand zur Last falle, endgültig Schluss zu machen. Aber erst möchte ich noch mein nächstes Buch fertig machen und noch recht vielen Menschen auf die Nerven gehen.

Die einen kennen mich, die anderen können mich........